Peter Pan y Wendy

Austral Intrépida

J. M. BARRIE

PETER PAN Y WENDY

Traducción

Gabriela Bustelo

Ilustraciones del interior

F. D. Bedford

Planeta

Obra editada en colaboración con Editorial Planeta – España

Título original: *Peter Pan and Wendy*

Bajo el sello editorial AUSTRAL M.R.
Avenida Presidente Masarik núm. 111,
Piso 2, Polanco V Sección, Miguel Hidalgo
C.P. 11560, Ciudad de México
www.planetadelibros.com.mx

Diseño de colección: Austral / Área Editorial Grupo Planeta
Ilustración de portada: Cruschiform
Ilustraciones del interior: © Francis Bedford Donkin (1864-1954) / Private Collection / Bridgeman Images

Primera edición impresa en España en Austral: marzo de 2017
ISBN: 978-84-08-16716-7

Primera edición impresa en México en Austral en tapa dura: marzo de 2022
ISBN: 978-607-07-8485-9

Impreso en los talleres de Corporación en Servicios
Integrales de Asesoría Profesional, S.A. de C.V.,
Calle E # 6, Parque Industrial
Puebla 2000, C.P. 72225, Puebla, Pue.
Impreso y hecho en México / *Printed in Mexico*

Intrépido lector:

Todos los niños, menos uno, se hacen mayores, y todos llevaremos dentro nuestro propio País de Nunca Jamás. Al deslizarte en el país de los sueños, aún recordarás ese murmullo de las olas, aunque no vuelvas a desembarcar nunca jamás.

Peter Pan se acerca demasiado a la ventana de Wendy, John y Michael, y después de pensar en cosas bonitas y maravillosas para subir por los aires y echarles polvo de hada para poder volar, salen como pájaros hacia las estrellas. Tras dos mares y tres noches, y de pasar de la oscuridad a la luz, y del frío al calor, llegan al País de Nunca Jamás.

Allí la vida es todo ajetreo y diversión; los niños perdidos salen en busca de Peter, los piratas van en busca de los niños perdidos, los pieles rojas van en busca de los piratas y los animales en busca de los pieles rojas. No hacen más que dar vueltas a la isla, pero nunca se encuentran porque van todos a la misma velocidad.

Si desembarcas en esta isla encontrarás a los niños perdidos, las sirenas jugando y peinándose en la Roca de los Desamparados, los piratas Cecco, Bill Jukes, Cookson, Starkey, Skylights, Smee y, en medio de todos ellos, la joya más negra de todas, ¡James Garfio!

¿Preparado para volar? Recuerda: ¡la segunda a la derecha y luego todo seguido hasta el amanecer!

PETER PAN Y WENDY

EL PAÍS DE NUNCA JAMÁS

CAPÍTULO 1

La aparición de Peter

Todos los niños, menos uno, se hacen mayores. Tardan poco en saberlo y Wendy no iba a ser menos. Tenía dos años y estaba jugando en un jardín cuando tomó una flor y corrió hacia su mamá para dársela. Supongo que debía de tener un aspecto encantador, puesto que la señora Darling se llevó una mano al corazón y exclamó: «¡Ay, ojalá te quedaras así para siempre!». No volvieron a hablar de ello, pero a partir de entonces Wendy supo que iba a hacerse mayor. Todos nos enteramos de estas cosas poco después de cumplir los dos años. Los dos años son el principio del fin.

Vivían en el número 14, y hasta que llegó Wendy su madre era la más importante. Era una mujer muy bella, con una mente romántica y una boca dulce y risueña. Su mente era tan romántica como esas cajitas que vienen del misterioso Oriente y que se meten una dentro de la otra. Por muchas que vayan apareciendo siempre queda una más. La boca dulce y risueña de la señora Darling guardaba un beso que a Wendy le parecía imposible de conseguir, aunque se veía perfectamente en el lado derecho.

El señor Darling la conquistó de la siguiente manera: los numerosos caballeros que eran niños cuando ella era una niña descubrieron simultáneamente que estaban enamorados de ella y salieron todos corriendo hacia su casa para pedirla en matrimonio, menos el señor Darling, que fue en coche y llegó el primero, y así la consiguió; es decir, la consiguió casi entera menos la última cajita y el beso. Lo de la cajita nunca lo supo y, al pasar el tiempo, dejó de intentar conseguir el beso. Wendy pensaba que quizá Napoleón lo hubiera conseguido; pero ya me lo imagino dando un portazo y saliendo enfurecido después de haberlo intentado.

El señor Darling siempre le decía a Wendy, muy orgullosamente, que su esposa no sólo lo quería sino que también lo respetaba. Era uno de esos hombres profundos que saben mucho de cotizaciones y acciones. Por supuesto, no hay nadie que lo entienda de verdad, pero el señor Darling daba esa impresión, y a veces decía que las cotizaciones habían subido y las acciones habían bajado con un tono capaz de imponer respeto a cualquier mujer.

La señora Darling se casó de blanco, y al principio llevaba las cuentas perfectamente, como si fuera un juego, apuntando hasta la más diminuta col de Bruselas; pero con el tiempo empezó a pasar por alto incluso coliflores enteras y en su lugar aparecieron dibujos de niños sin cara. Se dedicaba a dibujarlos cuando tenía que haber estado sumando y restando. Era así como se los imaginaba.

Primero vino Wendy, luego John y luego Michael.

Cuando llegó Wendy, pasaron una semana o dos dudando de si podrían quedarse o no con ella, puesto que era una boca más que alimentar. El señor Darling estaba enormemente orgulloso de ella, pero era un señor muy digno. Se sentaba al borde de la cama de la señora Darling, sosteniéndole la mano y calculando gastos mientras su mujer lo miraba suplicante. Ella estaba dispuesta a arriesgarse, pero a él no le parecía bien hacer las cosas así; se empeñaba en que había que usar papel y lápiz, y cada vez que ella lo distraía con sus sugerencias tenía que volver a empezar desde el principio.

—Y no me interrumpas —le pedía él—. Aquí tengo una libra y dieciséis chelines, más las dos libras y dieciséis chelines que tengo en la oficina; puedo quedarme sin tomar café en la oficina, que son unos diez chelines, que hacen dos libras, nueve chelines y dos peniques; con tus dieciocho y tres serían tres, nueve, siete; con las cinco, cero, cero de mi talonario serían ocho, nueve, siete, con las cinco, cero, cero de mi talonario serían ocho, nueve, siete..., ¿quién anda por ahí?..., ocho, nueve, siete..., y llevo siete..., no hables, querida..., más la libra que prestaste al hombre que llamó a la puerta..., silencio, niña mía..., me llevo, niña..., ¿lo ves? ¡Ya estamos!... ¿Había dicho nueve, nueve, siete? Sí. Había dicho nueve, nueve, siete. La cuestión es: ¿podemos intentarlo durante un año con nueve, nueve, siete?

—Por supuesto que sí, George —exclamó ella.

Pero la señora Darling estaba claramente a favor de Wendy, y él era quien tenía más carácter de los dos.

—Acuérdate de las paperas —le dijo él con un tono casi amenazador, y enseguida volvió a empezar—. Paperas, una libra; eso es lo que he apuntado, pero lo cierto es que serán más bien unos treinta chelines..., no hables... Sarampión, una con cinco; rubeola, media guinea, que son dos libras, quince chelines y seis..., no me señales con el dedo..., tos ferina, quince chelines...

Y así sucesivamente, con resultados distintos cada vez; pero Wendy logró pasar raspando, con las paperas reducidas a doce chelines con seis peniques, y el sarampión y la rubeola considerados como una sola enfermedad.

Este mismo proceso se repitió con John, y Michael se salvó de milagro, pero al final se quedaron con ellos, y enseguida empezaron a ir los tres en fila al jardín de infancia de la señora Fulsom, acompañados de su niñera.

A la señora Darling le encantaba hacer las cosas como es debido y el señor Darling quería ser exactamente igual que sus vecinos, con lo cual tenían una niñera, por supuesto. Como eran pobres debido a la cantidad de leche que bebían los niños, la niñera era una perra terranova llamada *Nana*. Aunque era muy pulcra no había pertenecido a nadie en concreto hasta que la contrataron los Darling. Pero los niños siempre le habían parecido importantes. Los Darling la conocieron en los jardines de Kensington, donde *Nana* pasaba la mayor parte del tiempo metiendo la cabeza en los cochecitos de los niños; las niñeras descuidadas la odiaban porque las seguía hasta sus casas para quejarse de ellas ante sus señoras. Lo cierto es que resultó ser una verdadera joya de niñera. Había que ver el cuidado que ponía a la hora del baño; y se levantaba a cualquier hora de la noche si alguno de los niños lloraba lo más mínimo. Su perrera estaba en el cuarto de los niños, por supuesto. *Nana* siempre sabía distinguir si una tos era como para no tener paciencia o si requería un calcetín alrededor de la garganta. Hasta el último de sus días creyó en la eficacia de los remedios de toda la vida, como las hojas de ruibarbo, y mostraba claramente su desprecio al oír esas teorías tan modernas sobre gérmenes y cosas semejantes. Era toda una lección de buenos modales verla acompañando a los niños al colegio, andando con parsimonia a su lado cuando se portaban bien y dándoles un empujoncito cuando se salían de la fila. Los días en que John jugaba al fútbol no olvidaba llevar su chaqueta de lana ni una sola vez y casi siempre iba con un paraguas en la boca por si llovía. En el sótano del colegio de la señora Fulsom había un cuarto en el que esperaban las niñeras. Ellas se sentaban en bancos y *Nana* se tumbaba en el suelo, pero ésa era la única diferencia. La ignoraban como si fuera de una clase social inferior y ella aborrecía sus temas de conversación. No le gustaba nada que las amigas de la señora Darling hicieran visitas a los niños, pero cuando sabía que iban a ir, cambiaba rápidamente el babero de Michael por el de los rebordes azules, arreglaba un poco a Wendy y ponía en orden el pelo de John.

Era imposible encontrar unos niños mejor cuidados y el señor Darling lo sabía, pero a veces se ponía nervioso porque le preocupaba lo que pudieran decir los vecinos.

Había que tener en cuenta su cargo en la ciudad.

Además, *Nana* también le preocupaba por otro motivo. A veces le daba la sensación de que ella no lo admiraba.

—Sé muy bien que te admira enormemente, George —le aseguraba la señora Darling, que en estos casos siempre hacía una seña a los niños para que se portaran especialmente bien con su padre.

Después tenían lugar unos bailes maravillosos, y a Liza, la otra sirvienta, a veces la dejaban participar. Con su falda larga y su cofia de doncella parecía diminuta, aunque había jurado, cuando la contrataron, no volver jamás a los diez años. ¡Qué brincos tan alegres aquéllos! Y la más alegre de todos era la señora Darling, que daba vueltas a tal velocidad que lo único que se veía de ella era el beso, y si alguien se hubiera abalanzado sobre ella quizá lo hubiera conseguido. Nunca se había visto una familia tan feliz, hasta la llegada de Peter Pan.

La señora Darling oyó hablar de Peter por primera vez un día en que estaba ordenando las mentes de sus hijos. Toda madre que se precie tiene la buena costumbre de rebuscar en la mente de sus hijos cuando éstos ya se han dormido, para volver a colocar en su sitio la gran cantidad de acontecimientos que se han desperdigado durante el día. Si pudierais quedaros despiertos (aunque, por supuesto, no podéis), veríais a vuestra propia madre haciéndolo, y os resultaría muy interesante. Se parece bastante a ordenar cajones. La veríais de rodillas, supongo yo, deteniéndose divertida al contemplar algunos de los componentes, preguntándose de dónde habéis sacado esto, haciendo descubrimientos maravillosos y otros que no lo son tanto, acercándose algo a la mejilla como si le recordara a un gatito, y apartando cosas de la vista apresuradamente. Al despertaros por la mañana, las travesuras y maldades de la noche anterior están dobladas cuidadosamente y colocadas en el fondo de vuestra mente; y en la parte de arriba, bien aireados y extendidos, están vuestros mejores pensamientos, listos para usarlos.

No sé si habréis visto alguna vez un mapa de la mente de una persona. Los médicos a veces dibujan mapas de otras partes de vuestro cuerpo, y vuestro propio mapa puede resultar muy interesante, pero habría que verlos intentando dibujar el mapa de la mente de un niño, que no sólo está en desorden, sino que no para de dar vueltas. Se ven líneas en zigzag, como las que dibujan los médicos en una ficha cuando alguien tiene fiebre; estas líneas deben de ser las carreteras de la isla, puesto que el País de Nunca Jamás es siempre más o menos una isla, con sorprendentes manchas de color aquí y allá; y arrecifes de coral y naves que parecen volar a lo lejos; y salvajes y guaridas solitarias; y gnomos que son casi todos sastres, y cuevas por las que pasa un río; y príncipes con seis hermanos mayores; y una cabaña a punto de desmoronarse; y una anciana muy pequeña con la nariz torcida. Sería un mapa muy sencillo si sólo hubiera esto; pero también tenemos el primer día de colegio, la religión, los padres, el estanque redondo, el punto de aguja, los asesinatos, los ahorcados, los verbos que rigen dativo, el día del postre de chocolate, el día en que nos ponen tirantes, las sonrisas obligadas, los tres peniques por arrancarnos un diente nosotros solos, y demás; y esto último puede formar parte de la isla o aparecer en un mapa superpuesto, con lo cual resulta bastante confuso, ya que para colmo de males todo ello está en constante movimiento.

Por supuesto, cada País de Nunca Jamás es distinto de los demás. El de John, por ejemplo, tenía una laguna con flamencos sobre los que él disparaba, mientras que el de Michael, que era muy pequeño, tenía un flamenco con lagunas volando por encima. John vivía en un barco colocado bocabajo en la arena, Michael vivía en una tienda de indios, y Wendy en una cabaña hecha de hojas cosidas con gran destreza. John no tenía amigos, Michael tenía amigos por la noche, Wendy tenía un lobato abandonado por sus padres; pero lo cierto es que los Países de Nunca Jamás tienen un cierto aire familiar, y si consiguiéramos ponerlos en fila y que se estuvieran quietos, podríamos sacarles parecidos, como cuando decimos que dos personas de la misma familia tienen la nariz igual. Los niños que juegan en estas costas mágicas siempre hacen encallar allí sus barquichuelas.

Nosotros también hemos estado allí y aún recordamos el murmullo de las olas, aunque no volveremos a desembarcar jamás.

De todas las islas maravillosas que existen, el País de Nunca Jamás es la más acogedora y sólida; no es tan grande como para que las cosas estén desperdigadas y haya distancias agotadoras entre una aventura y otra, sino que está todo cómodamente apiñado. Al imaginárnosla de día, en medio de las sillas y el mantel, no da absolutamente ningún miedo, pero durante los dos minutos que tardamos en dormirnos, parece de verdad. Por eso a los niños les gusta dormir con una luz encendida.

Al viajar por las mentes de sus hijos había veces en que la señora Darling encontraba cosas que no lograba comprender, y de todas ellas la que le parecía más desconcertante era la palabra Peter. No conocía a ningún Peter y, sin embargo, era un nombre que se veía claramente en las mentes de John y de Michael, mientras que en la de Wendy aparecía Peter garabateado por todas partes. Estaba escrito en letras más llamativas que las del resto de las palabras, y la señora Darling se quedó mirándolo fijamente, porque le extrañaba que tuviera un aspecto tan descarado.

—Sí, es un poco descarado —admitió Wendy muy a pesar suyo.

La señora Darling se estaba dedicando a interrogarla.

—Pero ¿quién es, cielo?

—Si ya lo sabes, madre: es Peter Pan.

Al principio la señora Darling no lo sabía, pero al hacer memoria recordó que en su infancia había un Peter Pan que al parecer vivía con las hadas. Sobre él se contaban historias extrañas, como que al morir los niños los acompañaba durante una parte del camino para que no tuvieran miedo. Cuando era pequeña había creído en él, pero ahora que estaba casada y era una persona sensata no estaba nada convencida de que pudiera existir alguien semejante.

—Además —dijo a Wendy—, a estas alturas ya será mayor.

—No, no es mayor —le aseguro Wendy—. Es igual que yo.

Lo que quería decir es que era igual que ella de tamaño y de forma de ser; no sabía cómo lo sabía, pero lo sabía.

La señora Darling consultó al señor Darling, que sonrió sin darle importancia.

—Ya verás como es una tontería que les ha metido *Nana* en la cabeza. Sólo a un perro se le puede ocurrir algo semejante. No le des más vueltas. Seguro que se les olvida.

Pero no se les olvidó; y al poco tiempo aquel chico tan latoso dio a la señora Darling un buen susto.

Un niño es capaz de vivir las aventuras más extrañas sin que le sorprendan lo más mínimo. Puede contar de repente, como el que no quiere la cosa, que, cuando estaba en el bosque el otro día, se encontró con su padre muerto y se puso a jugar con él. Fue así como Wendy, un día por la mañana, hizo un comentario inquietante. En el suelo del cuarto de los niños habían aparecido unas hojas de árbol que desde luego no estaban allí cuando los niños se fueron a la cama, y la señora Darling le estaba dando vueltas a aquello cuando Wendy dijo con una sonrisa benevolente:

—¡Seguro que ha sido el gamberro de Peter!

—¿Qué quieres decir con eso, Wendy?

—Me parece muy mal que no lo haya limpiado —dijo Wendy suspirando. Era una niña muy ordenada.

Explicó con gran naturalidad que estaba segura de que Peter a veces entraba en su cuarto por las noches, se sentaba al pie de su cama y tocaba el caramillo. Lo malo era que nunca se despertaba y por eso no sabía cómo lo sabía, pero lo sabía.

—Qué tonterías dices, cielo. ¡Cómo va a entrar alguien en casa sin llamar a la puerta!

—Creo que entra por la ventana —dijo Wendy.

—Mi amor, si es un tercer piso.

—¿Las hojas no estaban al pie de la ventana, madre?

Tenía toda la razón; habían encontrado las hojas muy cerca de la ventana.

La señora Darling no supo qué pensar, porque a Wendy le parecía todo tan normal que no se le podía quitar importancia diciendo que lo había soñado.

—Hija mía —exclamó su madre—, ¿por qué no me lo has contado antes?

—Se me había olvidado —dijo Wendy tan tranquila. Estaba deseando empezar a desayunar.

En fin, seguro que lo había soñado.

Pero, por otra parte, lo cierto es que habían aparecido unas hojas. La señora Darling las examinó cuidadosamente; eran bastante grandes, pero estaba segura de que no procedían de ningún árbol que creciera en Inglaterra. Se puso a gatear por el suelo, examinándolo cuidadosamente a la luz de una vela por si hubiera huellas de algún pie extraño. Hurgó en la chimenea con el atizador y dio golpecitos en las paredes. Soltó una cinta métrica desde la ventana hasta el suelo y comprobó que había unos diez metros de distancia, sin un solo brote por el que poder trepar.

Wendy lo había soñado, sin lugar a dudas.

Pero Wendy no lo había soñado, como se vio precisamente la noche siguiente, la noche en que se puede decir que empezaron las extraordinarias aventuras de estos niños.

Los niños ya estaban todos en la cama. Daba la casualidad de que era la noche en que a *Nana* le tocaba librar, y la señora Darling había bañado a sus hijos y los había arrullado hasta que uno por uno le fueron soltando la mano para deslizarse hacia el país de los sueños.

Al verlos tan tranquilos, la señora Darling sonrió olvidándose de sus temores y se puso a coser junto al fuego.

Lo que estaba cosiendo era para Michael, que iba a empezar a llevar camisa el día de su cumpleaños. Hacía calor y en el cuarto sólo había la luz tenue que daban las tres lamparitas de los niños, y la señora Darling tardó poco en dejar caer su labor en el regazo. Dio la más leve cabezada y se quedó dormida. Merecía la pena verlos a los cuatro, Wendy y Michael allí, John aquí, y la señora Darling junto al fuego. Sólo faltaba la cuarta lamparita.

Mientras dormía, la señora Darling tuvo un sueño. Soñó que el País de Nunca Jamás se había acercado demasiado y que un niño extraño se había escapado de allí. El niño no le daba miedo, porque creía haberlo visto en los rostros de muchas de las mujeres que no tienen hijos. Es posible que también se encuentre en el rostro de alguna madre, pero en su sueño él había rasgado el velo que oscurece el País de Nunca Jamás, y vio a Wendy, a John y a Michael mirando por el hueco. El sueño en sí no hubiera tenido ninguna importancia, pero mientras ella soñaba la ventana se abrió y, efectivamente, un niño se posó sobre el suelo. Iba acompañado de una extraña luz del tamaño de uno de vuestros puños, que se movía de un extremo a otro de la habitación como si estuviera viva; y creo que fue aquella luz lo que despertó a la señora Darling.

Se levantó dando un grito, vio al niño y nada más verlo supo que era Peter Pan. Si vosotros, o yo, o Wendy, hubiéramos estado allí, nos habríamos dado cuenta de que el niño se parecía mucho al beso de la señora Darling. Era muy hermoso, vestido de hojas y de resina; pero lo que más cautivaba de él era que todos sus dientes eran los de leche. Al ver que ella era una persona mayor, le enseñó aquellas perlas diminutas, rechinándolas.

CAPÍTULO 2
La sombra

La señora Darling gritó y, como si fuera en respuesta a un timbre, se abrió la puerta y entró *Nana*, que volvía de su noche libre. Soltó un gruñido y se lanzó hacia el niño, que saltó con ligereza por la ventana. La señora Darling volvió a gritar, esta vez de horror al creer que el niño se había matado, y salió corriendo a la calle en busca de su cuerpecillo, pero allí no había nada; al levantar la cabeza le pareció ver algo semejante a una estrella fugaz.

Volvió al cuarto de los niños y encontró a *Nana* con una cosa en la boca que resultó ser la sombra del niño. En el momento en que Peter estaba saltando por la ventana, *Nana* la había cerrado rápidamente, aunque demasiado tarde para atraparlo. Sin embargo, su sombra no había logrado salir; la ventana se la había arrancado de cuajo.

Os aseguro que la señora Darling examinó la sombra cuidadosamente, pero le pareció bastante corriente.

Nana no dudó ni un momento sobre lo que convenía hacer con aquella sombra. La colgó fuera de la ventana, como diciendo: «Tiene que volver por ella; pongámosla donde pueda tomarla fácilmente sin molestar a los niños».

Pero, desgraciadamente, la señora Darling no estaba dispuesta a dejarla colgada en la ventana; parecía ropa tendida y hacía que la casa pareciera de baja calidad. Estuvo a punto de enseñársela al señor Darling. Pero su marido estaba calculando cuánto iban a costar los abrigos de John y de Michael para aquel invierno, con la cabeza envuelta en una toalla mojada para mantener claras las ideas, y le dio pena molestarlo; además, sabía perfectamente lo que iba a decir: «Esto nos pasa por tener un perro en vez de una niñera».

Decidió enrollar la sombra y guardarla cuidadosamente en un cajón hasta encontrar el momento adecuado para decírselo, ¡ay!, a su marido.

El momento adecuado llegó una semana más tarde, en aquel viernes imposible de olvidar. Tenía que ser viernes.

—Debía haber caído en la cuenta de que era viernes —le diría después a su marido, mientras *Nana* quizá estuviera a su lado, sosteniéndole la mano.

—No, no —decía siempre el señor Darling—. La culpa de todo la tengo yo. Yo, George Darling, soy el responsable. *Mea culpa, mea culpa*.

El señor Darling había recibido una educación tradicional.

Noche tras noche se sentaban a recordar aquel viernes fatal, hasta que sus más mínimos detalles se les quedaron grabados en el cerebro, saliéndoles por el otro lado como en una moneda mal acuñada.

—No tenía que haber aceptado la invitación para cenar en el número 27 —decía la señora Darling.

—No tenía que haber echado mi medicina en el cuenco de *Nana* —decía el señor Darling.

—Yo tenía que haber fingido que me gustaba la medicina —decían los ojos húmedos de *Nana*.

—Yo y mis fiestas, George.

—Yo y mi nefasto sentido del humor, querida.

—Yo y mi manía de no pasar ni una por alto, señores míos.

En aquel momento uno de ellos, o alguno más, solía derrumbarse; *Nana* no hacía más que pensar: «Es verdad, es verdad; debían tener una niñera en vez de un perro». Y muchas veces era el señor Darling quien acercaba un pañuelo a los ojos de *Nana*.

—¡El muy rufián! —exclamaba el señor Darling, y el ladrido de *Nana* le hacía eco, pero la señora Darling nunca recriminaba a Peter; había algo en el lado derecho de su boca que le impedía insultarlo.

Y se quedaban allí sentados, en el cuarto vacío de los niños, recordando con cariño hasta el último detalle de aquella horrible noche. Había empezado de una manera tan normal, exactamente igual que cientos de noches, con *Nana* preparando el agua para el baño de Michael y llevándolo montado en el lomo.

—No pienso irme a dormir —había gritado él, como si estuviera convencido de poder decir la última palabra sobre el asunto—. No pienso, no pienso. *Nana*, aún no son las seis. Ni hablar, ni hablar. Ya no te quiero, *Nana*. Te digo que no pienso bañarme. ¡No pienso, no pienso!

En ese momento había entrado la señora Darling, que llevaba puesto su traje blanco. Se había vestido antes de tiempo porque a Wendy le encantaba verla con su traje de noche y con el collar que le había regalado George. También llevaba puesta la pulsera de Wendy; se la había pedido prestada. A Wendy le encantaba prestarle la pulsera a su madre.

La señora Darling se había encontrado a sus dos hijos mayores jugando a ser ella y el señor Darling en el momento del nacimiento de Wendy, y John estaba diciendo: «Me alegro de informarle, señora Darling, de que ya es usted madre», justo con el mismo tono de voz que podía haber usado su marido en aquella ocasión.

Wendy se había puesto a bailar de alegría, igual que debió de hacer su madre.

Después nacía John, con los honores especiales que había recibido por tratarse del nacimiento de un varón, y Michael salió de su baño para decir que él también quería nacer, pero John le dijo cruelmente que ya no querían tener más.

Michael estuvo a punto de echarse a llorar.

—Nadie me quiere —dijo y, por supuesto, la señora del traje de noche no estaba dispuesta a tolerar algo semejante.

—Yo sí —dijo—. Estoy deseando tener un tercer hijo.

—¿Niño o niña? —preguntó Michael sin demasiadas esperanzas.

—Niño.

Al oírlo, Michael se arrojó a sus brazos. Una nimiedad, ahora que el señor y la señora Darling y *Nana* se habían puesto a recordar, pero no tan nimia si aquélla iba a ser la última noche que Michael pasaba en casa.

Los tres siguieron con sus recuerdos.

—Fue entonces cuando yo entré como un tornado, ¿eh? —decía el señor Darling, despreciándose; efectivamente, parecía un tornado.

Quizá se le pudiera perdonar. Él también se estaba vistiendo para la fiesta, y todo iba bien hasta que llegó a la corbata. Es algo realmente sorprendente, pero este hombre, aunque sabía mucho de cotizaciones y acciones, realmente no había logrado dominar su corbata. Había veces en que aquel chisme se le rendía sin oponer lucha alguna, pero había ocasiones en que hubiera sido mejor para todos los de la casa que se hubiera tragado el orgullo usando una corbata de las que ya vienen con el nudo hecho.

Y ésta fue una de aquellas ocasiones. Entró precipitadamente en el cuarto de los niños llevando la pobre corbata hecha un rebujo en la mano.

—Pero ¿qué te pasa, querido?

—¡Pues qué me va a pasar! —gritó. Aquello era gritar de verdad—. ¡No hay forma de hacerle el nudo a esta corbata! —dijo, poniéndose peligrosamente cínico—. ¡En mi cuello no! ¡En el poste de la cama sí! ¡Lo he hecho en el poste unas veinte veces, pero en mi cuello, no! ¡Por Dios, espero que la disculpe!

Le pareció que no había impresionado suficientemente a la señora Darling, por lo cual continuó en tono serio:

—Te lo advierto, madre, como esta corbata no acabe alrededor de mi cuello, no vamos a salir a cenar esta noche, y si no salgo a cenar esta noche, no vuelvo a la oficina jamás, tú y yo nos moriremos de hambre, y nuestros hijos tendrán que lanzarse a la calle.

La señora Darling se quedó tan campante.

—Déjame intentarlo a mí, querido —dijo y, efectivamente, eso era justo lo que él iba a pedirle; con sus manos bonitas y frescas le anudó la corbata mientras los niños se agrupaban a su alrededor, esperando a que se decidiera su destino. A algunos hombres les hubiera dado rabia ver la facilidad con que la señora Darling lo hacía, pero el señor Darling tenía demasiado buen carácter para sentir algo semejante; le dio las gracias con aire distraído, olvidó su furia sin más ni más y al instante ya estaba bailoteando por la habitación con Michael montado a caballito.

—¡Los saltos que dimos! —decía la señora Darling al recordarlo ahora.

—¡Quién iba a decirnos que jamás volveríamos a saltar! —dijo el señor Darling con voz quejumbrosa.

—Ay, George, ¿te acuerdas de cuando Michael me dijo de repente: «¿Cómo nos conocimos tú y yo, madre?».

—¡Me acuerdo!

—Eran encantadores, ¿verdad que sí, George?

—Y eran nuestros, y ya no los tenemos.

Los saltos habían finalizado con la aparición de *Nana*; desgraciadamente, el señor Darling chocó con ella, llenándose los pantalones de pelos. Aparte de que eran sus pantalones nuevos, era la primera vez en la vida que tenía unos pantalones con trencilla, y tuvo que morderse el labio para no ponerse a llorar. La señora Darling le pasó un cepillo, por supuesto, pero él empezó otra vez a decir que era un error tener un perro en vez de una niñera.

—George, *Nana* es un tesoro.

—De eso no hay duda, pero a veces tengo la inquietante sensación de que se cree que los niños son cachorros.

—No, no, querido; estoy segura de que sabe que tienen alma.

—No sé, no sé —dijo el señor Darling, pensativo.

Era un buen momento, pensó su mujer, para hablarle del famoso niño. Al principio, su marido no dio ninguna importancia a la historia, pero puso cara de preocupación al ver la sombra.

—No es de nadie que yo conozca —dijo— pero, desde luego, parece un sinvergüenza.

—Aún estábamos hablando de ellos, acuérdate —decía el señor Darling—, cuando entró *Nana* con la medicina de Michael. No vuelvas a llevar el frasco en la boca, *Nana*, aunque haya sido todo por culpa mía.

Siendo como era un hombre fuerte, lo cierto es que con aquel asunto de la medicina había reaccionado de una manera un poco tonta. Su mayor debilidad consistía en creer que siempre había sido valiente a la hora de tomar una medicina; y en aquel momento, al ver que Michael esquivaba la cuchara que *Nana* tenía en la boca, dijo con voz tajante: «Compórtate como un hombre, Michael».

—No y no —gritó Michael con obstinación.

La señora Darling decidió ir a buscarle un bombón, y al señor Darling le pareció que su mujer estaba siendo demasiado blanda.

—Madre, no lo mimes tanto —dijo cuando ella ya se había ido—. Michael, yo, a tu edad, me tomaba la medicina sin rechistar. Decía: «Gracias, queridos padres, por curarme a base de frascos».

Estaba convencido de que aquello era cierto, y Wendy, que ya estaba en camisón, también lo creía así, y dijo para animar a Michael:

—Esa medicina que tomas a veces sabe mucho peor, ¿verdad, padre?

—Muchísimo peor —dijo el señor Darling valientemente—. Y me la tomaría ahora mismo para darte ejemplo, Michael, si no hubiera perdido el frasco.

No es que lo hubiera perdido, sino que se había subido encima del armario en plena noche y lo había escondido allí cuidadosamente. Lo que no sabía era que la fiel Liza lo había encontrado y lo había vuelto a poner en el mueble del cuarto de baño.

—Yo sé dónde está, padre —gritó Wendy, que era muy servicial—. Ahora mismo lo traigo.

Su hija salió corriendo antes de que pudiera detenerla. Inmediatamente, le entró una extraña desazón.

—John —dijo, sintiendo un escalofrío—: es un potingue infame, pegajoso y dulzón.

—Va a ser cuestión de un minuto, padre —dijo John mientras Wendy entraba corriendo con un vaso lleno de medicina.

—Me he dado toda la prisa que he podido —dijo casi sin respirar.

—Has sido maravillosamente veloz —le espetó su padre con una cortesía vengativa que su hija no supo captar—. Michael primero —dijo tercamente.

—Padre primero —dijo Michael, que era muy suspicaz.

—Ya veréis cómo me sienta mal —dijo el señor Darling en tono amenazador.

—Vamos, padre —dijo John.

—Cierra la boca, John —soltó su padre.

Wendy estaba atónita.

—Yo creía que te la tomabas con toda la calma, padre —dijo.

—El asunto no es ése —contestó él—. El asunto es que en mi vaso cabe más que en la cuchara de Michael —dijo, con el orgullo por los suelos—. Y no es justo; lo diría aunque estuviera al borde del último suspiro; no es justo.

—Padre, estoy esperando —dijo Michael con frialdad.

—Pues me alegro mucho de que estés esperando; yo también estoy esperando.

—Padre es un cobardica.

—Y tú también eres un cobardica.

—Yo no tengo miedo.

—Yo tampoco tengo miedo.

—Pues, entonces, tómatela.

—Pues, entonces, tómatela tú.

A Wendy se le ocurrió una idea espléndida:

—¿Por qué no os la tomáis los dos a la vez?

—Muy bien —dijo su padre—. ¿Estás listo, Michael?

Wendy dijo «un, dos, tres, ya», y Michael se tomó su medicina; pero el señor Darling escondió la suya detrás de la espalda.

Michael dio un grito de indignación y Wendy exclamó:

—¡Padre, por Dios!

—¿Qué es eso de «¡Padre, por Dios!»? —dijo el señor Darling intentando imponer respeto—. No armes tanto jaleo, Michael. Pensaba tomármela, pero se... se me ha escapado.

Era espantoso ver a los tres mirándole como si no le tuvieran ninguna admiración.

—Bueno, vamos a ver —dijo con gran amabilidad nada más salir *Nana* hacia el cuarto de baño—. Se me acaba de ocurrir una idea espléndida. ¡Voy a echar la medicina en el cuenco de *Nana* y se la beberá creyendo que es leche!

Era del mismo color que la leche, pero los niños no tenían el sentido del humor de su padre, y le miraron con reprobación mientras echaba la medicina en el cuenco de *Nana*.

—Qué divertido —dijo él sin demasiada convicción, y ellos no se atrevieron a descubrirle cuando volvieron la señora Darling y *Nana*.

—*Nana*, qué buena eres —dijo el señor Darling, acariciándola—. Te he puesto leche en el cuenco, *Nana*.

Nana movió el rabo, corrió hacia la medicina y empezó a beberla. Entonces miró al señor Darling de una manera..., no con furia, sino mostrándole la gran lágrima roja con que nos enternecen los perros nobles, después de lo cual se fue silenciosamente hacia su perrera.

El señor Darling, a pesar de sentirse verdaderamente avergonzado, no estaba dispuesto a rendirse. En medio de un espantoso silencio, la señora Darling olió el cuenco.

—Ay, George —dijo—. ¡Si es tu medicina!

—¡Era una broma! —rugió él mientras su mujer consolaba a los niños y Wendy abrazaba a *Nana*—. En esta casa ya no se puede uno hacer el gracioso —dijo con amargura.

Wendy seguía abrazada a *Nana*.

—Eso, eso —gritó el señor Darling—. ¡Tú sigue haciéndole mimos! A mí nadie me hace mimos. ¡No, por Dios! Yo soy el único que sale a ganarse el pan, ¡para qué ibais a hacerme mimos a mí, para qué, para qué!

—George —le rogó la señora Darling—, no hables tan alto, que pueden oírte los criados.

Habían cogido la costumbre de llamar a Liza *los criados*.

—Pues que me oigan —contestó él en tono temerario—. Que me oiga el mundo entero. Pero me niego a seguir ni una sola hora más dominado por un perro.

Los niños se echaron a llorar y *Nana* corrió hacia él amablemente, pero la detuvo con un gesto. Había recuperado sus energías.

—Es inútil, es inútil —exclamó—. El sitio adecuado para ti es el jardín, y allí es donde te voy a atar en este instante.

—George, George —susurró la señora Darling—. Ten en cuenta lo que te he contado de ese niño.

Por desgracia, no quiso escucharla. Estaba empeñado en demostrar quién era el amo de la casa y, al ver que dando órdenes no lograba hacer salir a *Nana* de su perrera, la engañó con palabras melosas y agarrándola bruscamente, se la llevó del cuarto de los niños a rastras. Estaba avergonzado, pero siguió adelante. Todo era debido a que tenía un carácter demasiado afectuoso, y necesitaba sentirse admirado. Después de haber dejado a *Nana* atada en la parte de atrás del jardín, el malvado padre se sentó en el pasillo con los puños en las sienes.

Mientras tanto, la señora Darling había acostado a los niños en medio de un extraño silencio, encendiéndoles sus lamparitas. Se oía ladrar a *Nana*, y John dijo con voz de pena: «Es porque la está encadenando en el jardín», pero Wendy era más lista.

—*Nana* no ladra así cuando está triste —dijo sin tener ni la más remota noción de lo que se les avecinaba—. Ladra así cuando hay peligro.

—¡Peligro! ¿Estás segura, Wendy?

—Sí, sí.

La señora Darling se estremeció y fue hacia la ventana. Estaba cerrada. Miró afuera, y la noche estaba cuajada de estrellas. Estaban apiñándose en torno a la casa, como si tuvieran curiosidad por ver lo que iba a suceder allí, pero ella no se dio cuenta, y tampoco vio los guiños que le hacían una o dos de las estrellas pequeñas. Pero un miedo desconocido le encogió el corazón y le hizo exclamar:

—¡Cómo me gustaría no tener que ir a una fiesta esta noche!

Hasta Michael, que ya estaba medio dormido, se dio cuenta de lo preocupada que estaba, y le preguntó:

—Si tenemos las luces encendidas no puede pasarnos nada, ¿verdad, madre?

—Nada de nada, cielo —dijo ella—. Son los ojos que dejan las madres para que vigilen a sus hijos.

Fue de cama en cama cantándoles cosas bonitas, y el pequeño Michael le echó los brazos al cuello.

—Madre —exclamó.

Éstas serían las últimas palabras que su madre le oiría decir en mucho tiempo.

El número 27 estaba sólo a unos metros de distancia, pero como había caído un poco de nieve, el señor y la señora Darling iban andando despacio para no mancharse los zapatos. Eran las únicas personas que había en toda la calle y todas las estrellas los miraban. Las estrellas son hermosas, pero no pueden tomar parte en nada, lo único que pueden hacer es mirar y mirar. Es un castigo que les tocó por algo que hicieron hace tanto tiempo que ninguna de ellas sabe lo que fue. Éste es el motivo de que las mayores tengan ojos vidriosos y no hablen apenas (el lenguaje de las estrellas son los guiños), pero a las pequeñas les gustaría saberlo. No suelen ser muy amables con Peter Pan, porque se dedica a acercarse por detrás y soplar para intentar apagarlas; pero les gusta tanto divertirse que aquella noche estaban de su parte y deseando quitarse a los mayores de encima. Así, en cuanto el señor y la señora Darling entraron en el 27 y se cerró la puerta, se produjo una conmoción en el firmamento, y la más pequeña de todas las estrellas de la Vía Láctea gritó:

—¡Ahora, Peter!

CAPÍTULO 3

¡Vámonos, vámonos!

Después de que el señor y la señora Darling se marcharan de la casa, las lamparitas que tenían los niños junto a sus camas continuaron ardiendo brillantemente. Eran unas lámparas en verdad encantadoras, y ojalá hubieran podido quedarse despiertas para ver a Peter, pero la de Wendy parpadeó y soltó un bostezo enorme que contagió a las otras dos, y, antes de que les diera tiempo de cerrar la boca, se apagaron las tres. En ese momento se vio que en la habitación había otra luz, mil veces más radiante que las otras, y en el tiempo que hemos tardado en decir esto ya se había metido en todos los cajones, había revuelto el armario y no había dejado ni un solo bolsillo sin registrar en busca de la sombra de Peter. En realidad no era una luz; al moverse tan deprisa de un lado para otro, brillaba, pero cuando se detenía durante un segundo, se veía claramente que se trataba de un hada del tamaño de una mano, aunque todavía estaba creciendo. Era una niña llamada Campanilla, e iba exquisitamente ataviada con una hoja de árbol de corte bajo y cuadrado, que sacaba el máximo partido de su silueta redondeada.

El hada llevaba muy poco tiempo allí cuando la ventana se abrió gracias a un soplo de aire que habían dado las estrellas pequeñas, y Peter se posó suavemente en el suelo. Aún tenía la mano llena de polvo de hada, porque había llevado a Campanilla durante una parte del camino.

—Campanilla —dijo en voz baja después de asegurarse de que los niños estaban dormidos—. Campanilla, ¿dónde estás?

El hada se había instalado dentro de un jarrón y estaba muy a gusto; era la primera vez que se metía en un jarrón.

—Por favor, sal de ese jarrón y dime, ¿sabes dónde han metido mi sombra?

La respuesta fue un hermoso tintineo, como de campanas doradas. Así es el lenguaje de las hadas. Vosotros, los niños normales, no podéis oírlo, pero si pudierais os daría la sensación de haberlo oído en algún lugar.

Campanilla le había dicho que la sombra estaba dentro de la caja grande, refiriéndose a la cómoda. Peter se abalanzó sobre los cajones, sacando todo lo que había dentro con las dos manos y desparramándolo por el suelo como un rey lanzando monedas a sus súbditos. Al encontrar la sombra se puso tan contento que no se dio cuenta de que acababa de dejar a Campanilla encerrada en un cajón.

PETER ENTRÓ VOLANDO

Peter, que no debía de pararse a pensar casi nunca, había dado por hecho que al acercarse a su sombra se uniría a ella como si fueran dos gotas de agua y, al ver que esto no ocurría, se quedó anonadado. Tomó jabón del cuarto de baño para intentar pegársela, pero no lo consiguió. Le dio un escalofrío y se sentó en el suelo, llorando desconsolado.

Los sollozos despertaron a Wendy, que se incorporó en la cama. No le extrañó nada que hubiera un desconocido sentado en el suelo llorando; le pareció bastante interesante.

—Niño —dijo con cortesía—, ¿por qué lloras?

Peter, que cuando quería también era enormemente educado, puesto que había aprendido a comportarse con finura en las ceremonias de las hadas, se levantó e hizo una hermosa reverencia. Wendy se quedó muy complacida y ella también le hizo una hermosa reverencia desde la cama.

—¿Cómo te llamas? —preguntó él.

—Wendy Moira Angela Darling —contestó ella bastante satisfecha—. ¿Cómo te llamas tú?

—Peter Pan.

Wendy ya se había imaginado que se trataría de Peter, pero el nombre le parecía demasiado corto.

—¿Nada más?

—Nada más —dijo él con una voz algo áspera.

Era la primera vez que caía en la cuenta de que su nombre era un poco corto.

—Cuánto lo siento —dijo Wendy Moira Angela.

—No importa —mascullό Peter.

Ella le preguntó dónde vivía.

—En la segunda a la derecha —dijo Peter— y luego todo seguido hasta la mañana.

—¡Qué dirección tan rara!

Peter volvió a quedarse chafado. Por primera vez pensó que quizá fuera cierto que tenía una dirección rara.

—No es rara —dijo.

—Quiero decir —explicó Wendy amablemente, recordando que la anfitriona era ella—, ¿es eso lo que hay que poner en las cartas?

A Peter no le gustaba demasiado hablar de cartas.

—Nunca recibo cartas —dijo desdeñosamente.

—Pero tu madre sí, ¿verdad?

—No tengo madre —dijo.

No sólo no tenía madre, sino que no tenía ganas de tenerla. Las madres le parecían personas muy sobrevaloradas. Wendy, sin embargo, decidió inmediatamente que estaba en presencia de una tragedia.

—Ay, Peter, no me extraña que estuvieras llorando —dijo saliendo de la cama y corriendo hacia él.

—No estaba llorando por lo de las madres —respondió bastante indignado—. Lloraba porque no consigo pegarme la sombra. Además, no estaba llorando.

—¿Se te ha despegado?

—Sí.

Entonces Wendy miró al suelo y, al ver aquella sombra tan andrajosa, sintió una enorme pena por Peter.

—¡Qué horror! —dijo, pero se le escapó una sonrisa al darse cuenta de que Peter había intentado pegársela con jabón. ¡Sólo a un chico se le podía ocurrir algo semejante!

Afortunadamente, dio con la solución.

—Hay que coserla —dijo con un tono quizá demasiado condescendiente.

—¿Qué es *coserla*? —preguntó él.

—Eres increíblemente ignorante.

—No es verdad.

Pero la ignorancia de Peter la hacía sentirse exultante.

—Voy a cosértela, pequeño hombrecito —le dijo, aunque era igual de alto que ella.

Y sacó el costurero para coser la sombra al pie de Peter.

—Te va a doler un poco —le advirtió.

—No lloraré —dijo Peter, que ya estaba convencido de que no había llorado en su vida.

Apretó los dientes y no lloró; y su sombra empezó a comportarse como era debido, aunque se había quedado un poco arrugada.

—Quizá debía haberla planchado —dijo Wendy pensativa.

Pero Peter, como todos los chicos, era indiferente a las apariencias, y se había puesto a dar saltos por la habitación, loco de alegría. Por desgracia, ya había olvidado que le debía su felicidad a Wendy. Creía que se había pegado la sombra él mismo.

—Qué listo soy —cacareaba entusiasmado—. ¡Ay, pero qué habilidad la mía!

Es humillante tener que confesar que esta vanidad de Peter era una de sus cualidades más fascinantes. Para decirlo con una franqueza brutal, nunca se ha visto un niño más descarado.

De momento, Wendy estaba enfurecida.

—So presuntuoso —exclamó con un sarcasmo aterrador—. ¡Yo, por supuesto, no he hecho nada!

—Has hecho un poco —dijo Peter casi sin mirarla, y siguió bailando.

—¡Un poco! —dijo ella con altanería—. Si no sirvo para nada, por lo menos podré retirarme.

Muy dignamente se metió en la cama de un salto, tapándose la cara con las sábanas.

Para conseguir que levantara la vista, Peter hizo como que se marchaba, pero al ver que no servía de nada, se sentó en el extremo de la cama y se puso a darle golpecitos con el pie.

—Wendy —dijo—, no te retires. Siempre me pongo a cacarear, Wendy, cuando estoy contento conmigo mismo.

Ella seguía sin salir de debajo de las sábanas, aunque estaba escuchando atentamente.

—Wendy —continuó él con una voz que ninguna mujer ha conseguido resistir jamás—. Wendy, una chica es más útil que veinte chicos.

—¿Lo dices en serio, Peter?

—Sí.

—Pues eres un encanto —declaró—, y voy a levantarme otra vez.

Se sentó junto a Peter en la cama. También dijo que estaba dispuesta a darle un beso si él quería, pero Peter no sabía lo que quería decir, y extendió la mano en espera de que le pusiera algo en ella.

—Sabrás lo que es un beso, ¿verdad? —preguntó Wendy pasmada.

—Lo sabré cuando me lo des —contestó Peter en tono seco; y para que no se ofendiera, Wendy le dio un dedal.

—Y ahora —dijo él—, ¿te doy un beso yo?

Y ella respondió, con voz algo pomposa:

—Por favor.

Se lo puso fácil al inclinar la cara hacia él, pero Peter se limitó a dejar caer en su mano un botón de bellota, con lo cual ella tuvo que volver lentamente la cara, aunque le dijo amablemente que iba a llevar el beso en una cadena colgada del cuello. Fue una suerte que así lo hiciera, porque aquello le iba a salvar la vida.

Dentro de nuestro círculo de amistades, cuando dos personas se presentan, es costumbre que se pregunten la edad, por lo cual Wendy, que siempre procuraba hacer lo correcto, preguntó a Peter cuántos años tenía. Lo cierto es que no fue una pregunta muy afortunada; fue como una hoja de examen en la que piden gramática, cuando uno quiere que le pregunten los reyes de Inglaterra.

—No lo sé —contestó un poco inquieto—. Pero soy bastante joven.

En realidad, no sabía nada sobre el asunto; sólo tenía ciertas sospechas, pero dijo al azar:

—Wendy, yo me escapé el día en que nací.

Ella se quedó muy sorprendida, aunque aquello le interesó; y usando sus modales de salón le indicó, dándose una palmadita en el camisón, que podía sentarse más cerca de ella.

—Fue porque oí a mis padres —le explicó él— en voz baja hablando de lo que iba a ser yo cuando me hiciera un hombre —continuó hablando con gran agitación—. Yo no quiero ser un hombre jamás —dijo apasionadamente—. Quiero ser siempre pequeño, para poder divertirme. Por eso me escapé a los jardines de Kensington y viví con las hadas durante mucho tiempo.

Ella le dirigió una mirada de enorme admiración, y él pensó que era por haberse escapado, pero era por conocer a las hadas. Wendy había llevado una vida tan hogareña, que conocer a las hadas le parecía algo realmente maravilloso. Le hizo un auténtico torrente de preguntas sobre ellas, lo cual sorprendió a Peter, porque a él le resultaban más bien molestas, cruzándose en su camino y todo eso; a veces incluso no le quedaba más remedio que darles una azotaina. A pesar de todo, en conjunto le gustaban, y no le importó contar a Wendy cómo había sido el principio de las hadas.

—Resulta, Wendy, que cuando el primer niño rio por primera vez, su risa se rompió en mil pedazos que saltaron por los aires, y ése fue el principio de las hadas.

La charla era algo tediosa, pero como Wendy era muy casera le gustaba.

—Por tanto —continuó él amablemente—, debería haber un hada para cada niño y para cada niña.

—¿Debería haber? ¿No hay bastantes?

—No. Los niños de hoy en día saben tanto que enseguida dejan de creer en las hadas, y cada vez que un niño dice: «Yo no creo en las hadas», en alguna parte hay un hada que cae muerta.

Al llegar a ese punto a Peter le pareció que ya habían hablado bastante de hadas, y fue entonces cuando cayó en la cuenta de que Campanilla estaba muy calladita.

—¿Dónde se habrá metido? —dijo levantándose y llamando al hada por su nombre.

A Wendy le dio un vuelco el corazón.

—Peter —exclamó, agarrándole de un brazo—. ¡No será posible que haya un hada en esta habitación!

—Estaba aquí hace un momento —dijo él con cierta impaciencia—. No se la oye, ¿verdad?

Los dos se quedaron escuchando.

—Yo lo único que oigo —dijo Wendy— es una especie de campanilla.

—Pues ésa es Campanilla. Ése es el lenguaje de las hadas. Creo que yo también la oigo.

El sonido salía de la cómoda, y Peter hizo un gesto de alegría. Cuando estaba contento, parecía el más feliz del mundo, y su risa era un hermoso gorgoteo. Aún tenía su primera risa.

—¡Wendy! —susurró divertido—. ¡Creo que la he dejado encerrada en un cajón!

Dejó salir a la pobre Campanilla, que se puso a volar alocadamente por toda la habitación dando gritos de furia.

—No deberías decir esas cosas —la regañó Peter—. Claro que lo siento mucho, pero ¿cómo iba a imaginarme que estabas dentro de un cajón?

Wendy no lo estaba escuchando.

—Ay, Peter —exclamó—. ¡Ojalá se estuviera quieta para que pudiera verla!

—Casi nunca están quietas —dijo él.

Pero de repente, durante un momento, Wendy logró ver aquella figura tan romántica posada sobre el reloj de cuco.

—¡Qué preciosidad! —dijo, a pesar de que la cara del hada aún estaba distorsionada por la ira.

—Campanilla —dijo Peter procurando ser amigable—, esta dama dice que le gustaría que fueras su hada.

Campanilla soltó una insolencia.

—¿Qué ha dicho, Peter?

Él tuvo que traducírselo.

—Es bastante maleducada. Dice que tú eres una niña enorme y fea, y que ella es mi hada.

Peter intentó convencerla:

—Campanilla, sabes muy bien que no puedes ser mi hada, porque yo soy un caballero y tú eres una dama.

A eso el hada respondió con estas palabras:

—Eres un zopenco.

Y desapareció dentro del cuarto de baño.

—Es un hada bastante ordinaria —explicó Peter para disculparla—. Se llama Campanilla y su oficio es arreglar ollas y pucheros.

Habían acabado sentándose juntos en el sillón, y Wendy siguió sonsacándole.

—Si ya no vives en los jardines de Kensington...

—A veces paso una temporada allí.

—Pero ¿dónde vives la mayor parte del tiempo?

—Con los niños perdidos.

—¿Quiénes son?

—Son los que se caen del cochecito cuando la niñera está mirando hacia otro lado. Si no los reclaman en siete días, los envían lejos, al País de Nunca Jamás, para sufragar gastos. Yo soy el capitán.

—¡Qué divertido!

—Sí —dijo Peter astutamente—, pero estamos un poco solos. Nos vendría bien tener compañía femenina.

—¿No hay ninguna niña?

—No. Las niñas son demasiado listas para caerse del cochecito.

Wendy se sintió enormemente halagada.

—Me gusta mucho tu forma de hablar sobre las chicas; John, ése de ahí, nos desprecia absolutamente.

Por toda respuesta, Peter se levantó y sacó a John de la cama, con sábanas y todo, de una patada. Wendy pensó que aquello ya era demasiado atrevimiento, teniendo en cuenta que se acababan de conocer, y le dijo enérgicamente que mientras estuviera en su casa, Peter no era capitán de nada. Sin embargo, al ver que John seguía durmiendo tan plácidamente en el suelo, le dejó que se quedara donde estaba.

—Ya sé que lo has hecho con buena intención —le dijo, ablandándose— y puedes darme un beso.

Por un momento se le había olvidado la ignorancia de Peter en este asunto.

—Ya sabía yo que ibas a querer recuperarlo —dijo él con una cierta amargura, ofreciéndole el dedal.

—Ay, por Dios —dijo Wendy la buena—. No me refería a un beso, sino a un dedal.

—¿Qué es eso?

—Es esto.

Le dio un beso.

—¡Qué gracia! —dijo Peter con cierta solemnidad—. Y ahora, ¿te doy un dedal yo a ti?

—Si quieres —dijo Wendy, manteniendo la cabeza firme esta vez.

Peter le dio un dedal y ella chilló casi inmediatamente.

—¿Qué te ocurre, Wendy?

—Ha sido exactamente como si alguien me tirara del pelo.

—Seguro que ha sido Campanilla. Nunca la había visto portarse tan mal.

Efectivamente, el hada se había puesto a revolotear alocadamente otra vez, usando un lenguaje de lo más grosero.

—Dice que volverá a hacértelo, Wendy, siempre que yo te dé un dedal.

—Pero ¿por qué?

—¿Por qué, Campanilla?

El hada volvió a contestar:

—So zopenco.

Peter no lo comprendía, pero Wendy sí; y le dio un poco de rabia oírle decir que venía a la ventana de la habitación no para verla a ella, sino para oírla contar cuentos.

—Yo no sé ningún cuento. Los niños perdidos tampoco saben ningún cuento.

—Qué horror —dijo Wendy.

—¿Sabes —dijo Peter— por qué las golondrinas siempre hacen su nido en el alero de las casas? Para poder escuchar los cuentos. Wendy, una vez tu madre te estaba contando un cuento maravilloso.

—¿Qué cuento era?

—El del príncipe que no encuentra a la señora que lleva el zapato de cristal.

—Peter —dijo Wendy, emocionada—. Ése es el cuento de la Cenicienta. Al final la encuentra y viven felices y comen perdices.

Peter se alegró tanto que se levantó del suelo, donde estaban sentados, y corrió hacia la ventana.

—¿Adónde vas? —preguntó Wendy con cierto recelo.

—A contárselo a los chicos.

—No te vayas, Peter —le rogó—. Yo sé muchísimos cuentos.

Ésas fueron sus palabras exactas; es decir, no hay duda de que ella le tentó primero.

Peter volvió, pero con una mirada avariciosa que debería haberla asustado, aunque no fue así.

—¡La cantidad de cuentos que podría yo contar a los chicos! —exclamó.

Entonces Peter la agarró y empezó a llevarla hacia la ventana.

—¡Suéltame! —le ordenó.

—Wendy, por favor, ven conmigo a contar cuentos a los chicos.

Por supuesto, le hizo mucha ilusión que se lo pidiera, pero dijo:

—Ay, Dios mío, no puedo. ¿Qué diría mamá? Además, no sé volar.

—Te puedo enseñar.

—Qué maravilla poder volar.

—Te enseñaré a cabalgar sobre el viento, y nos marcharemos.

—¡Uuuy! —exclamó ella asustadísima.

—Wendy, Wendy, piensa que en vez de estar durmiendo en esa cama ridícula podrías venirte conmigo a volar y a decir tonterías a las estrellas.

—¡Uuuy!

—Ah, Wendy, y también hay sirenas.

—¿Sirenas? ¿Y tienen cola?

—Tienen una cola larguísima.

—Ay —exclamó Wendy—. ¡Cómo me gustaría ver una sirena!

La sagacidad de Peter iba en aumento.

—Wendy —dijo—. Todos te tendríamos un gran respeto.

Wendy había empezado a retorcerse de pura desesperación, como haciendo un esfuerzo para permanecer en el suelo.

Pero Peter seguía tentándola despiadadamente.

—Wendy —dijo el muy astuto—, tendrías que darnos las buenas noches y arroparnos a todos.

—¡Uuuy!

—Nunca nos ha arropado nadie.

—¡Uuuy! —dijo Wendy, extendiendo los brazos hacia él.

—Y podrías remendarnos la ropa, y hacernos bolsillos. Nunca hemos tenido bolsillos.

¿Quién hubiera sido capaz de resistir aquello?

—¡Me parece fascinante! —exclamó—. Peter, ¿estarías dispuesto a enseñar a John y a Michael a volar también?

—Si quieres —dijo con indiferencia.

Wendy corrió hacia sus hermanos y los zarandeó violentamente.

—¡Despertaos! —gritó—. Ha venido Peter Pan y va a enseñarnos a volar.

John se restregó los ojos.

—Entonces me levantaré —dijo, sin saber que ya estaba en el suelo—. ¡Vaya! —exclamó—. Si ya estoy levantado.

Michael también se había levantado ya y parecía dispuesto a apuntarse a un bombardeo, pero Peter les hizo una seña de que no hablaran. En sus caras se vio la terrible maña que sacan a relucir los niños al ponerse a escuchar los sonidos del mundo adulto. Se podía oír el vuelo de una mosca. Entonces todo iba bien. ¡No! ¡Alto! Todo iba mal. *Nana*, que llevaba toda la tarde ladrando desconsolada, se había callado. Era su silencio lo que se oía.

—¡Apagad la luz! ¡Escondeos! ¡Rápido! —gritó John, tomando la voz cantante por primera y única vez a lo largo de toda la aventura.

Por tanto, cuando Liza entró con *Nana*, el cuarto de los niños parecía el de siempre, completamente a oscuras, y cualquiera hubiera jurado que se oía respirar beatíficamente a sus tres malvados inquilinos mientras dormían. La verdad es que lo estaban fingiendo hábilmente desde su escondite tras las cortinas de la ventana.

Liza se había puesto de mal humor, porque estaba en la cocina haciendo la masa de los pasteles de Navidad y había tenido que salir despepitada, con una pasa en la mejilla, por las absurdas sospechas de *Nana*. Se le había ocurrido que la única manera de conseguir un poco de tranquilidad sería llevar a *Nana* al cuarto de los niños pero bajo vigilancia, por supuesto.

—¿Lo ves, so malpensada? —dijo, alegrándose un poco de que *Nana* hubiera caído en desgracia—. Están perfectamente, ¿verdad? Los tres angelitos dormidos como troncos. Se les oye respirar.

En ese momento, Michael, satisfecho de lo bien que lo estaban haciendo, respiró con tanto ímpetu que estuvo a punto de echarlo todo a perder. *Nana* conocía bien ese tipo de respiración, y procuró separarse de Liza, que no era muy perspicaz.

—Se acabó, *Nana* —dijo Liza con firmeza, tirando de ella para sacarla de la habitación—. Te advierto que si vuelves a ladrar iré inmediatamente a buscar al señor y la señora, aunque tenga que sacarlos de la fiesta, y ya verás la paliza que te va a dar el señor.

Volvió a atar a la desdichada perra, pero ¿creéis acaso que *Nana* dejó de ladrar? ¡Sacar al señor y la señora de la fiesta! Era justo lo que quería. ¿Qué le importaba recibir una paliza con tal de que sus niños estuvieran a salvo? Por desgracia, Liza volvió a sus pasteles, y *Nana*, viendo que la chica no le iba a servir de ayuda, tiró con todas sus fuerzas de la cadena hasta que, por fin, la rompió. Al minuto siguiente entraba corriendo en el comedor del número 27, levantando las patas delanteras hacia el cielo, que era lo que hacía cuando quería llamar la atención. El señor y la señora Darling comprendieron inmediatamente que en el cuarto de los niños estaba sucediendo algo grave y, sin decir ni adiós a la anfitriona, salieron corriendo a la calle. Pero ya habían pasado diez minutos desde que los tres rufianes se habían metido detrás de las cortinas a fingir que dormían; y Peter Pan podía hacer muchas cosas en diez minutos. Volvamos, pues, al cuarto de los niños.

—Ya se han ido —anunció John, saliendo de su escondite—. Oye, Peter, ¿es verdad que sabes volar?

Sin molestarse en contestarle, Peter se puso a volar por la habitación, llevándose un estante de por medio.

—¡Qué estupendo! —dijeron John y Michael.

—¡Qué bonito! —exclamó Wendy.

—¡Sí, soy bonito, muy bonito! —dijo Peter, olvidando sus modales otra vez.

Parecía maravillosamente fácil. Los hermanos lo intentaron primero desde el suelo y luego desde las camas, pero se iban hacia abajo en vez de subir.

—Oye, ¿tú cómo lo haces? —preguntó John, que era un chico muy práctico, mientras se frotaba una rodilla dolorida.

—Tienes que pensar en cosas bonitas y maravillosas —explicó Peter—, y eso te hace subir por los aires.

Volvió a hacerles una demostración.

—Vas muy rápido —dijo John—. ¿No puedes hacerlo una vez más despacio?

Peter lo hizo despacio y deprisa.

—¡Ya he aprendido, Wendy! —gritó John, pero enseguida se dio cuenta de que no era verdad.

No eran capaces de volar ni un solo centímetro, a pesar de que incluso Michael sabía escribir palabras de dos sílabas, mientras que Peter no se sabía ni el abecedario.

El caso es que Peter les había estado tomando el pelo, porque una persona normal no puede volar sin que le hayan echado polvo de hada por encima. Afortunadamente, como ya hemos mencionado antes, tenía una de las manos manchada de polvo y, soplando, echó un poco encima de cada uno de los niños con magníficos resultados.

—Ahora sólo tenéis que mover un poco los hombros, así —les dijo—, y dejaros llevar.

Estaban los tres encima de sus camas, y el caballeroso Michael salió el primero. No tenía la intención de hacerlo, pero lo hizo, y se elevó por los aires inmediatamente, atravesando la habitación.

—¡He volado! —gritó cuando aún estaba en el aire.

John también salió y se encontró con Wendy cerca del cuarto de baño.

—¡Es maravilloso!

—¡Es formidable!

—¡Mira!

—¡Mira!

—¡Mira!

No eran ni mucho menos tan elegantes como Peter, y no podían evitar patalear un poco, pero rozar el techo con la cabeza es una de las mejores sensaciones que existen. Peter le dio la mano a Wendy al principio, pero al ver la indignación de Campanilla, tuvo que desistir.

Subían y bajaban, y daban vueltas y vueltas. Según Wendy, aquello era divino.

—Oye —dijo John—, ¿por qué no vamos afuera?

Era precisamente lo que Peter pretendía.

Michael estaba dispuesto; quería ver cuánto tardaba en hacerse un billón de kilómetros. Pero Wendy tenía sus dudas.

—¡Sirenas! —volvió a decir Peter.

—¡Uuuy!

—Y también hay piratas.

—¡Piratas! —exclamó John, abalanzándose sobre su sombrero de los domingos—. Vámonos ya.

Fue justo en ese momento cuando el señor y la señora Darling salían con *Nana* del número 27. Se pusieron los tres en mitad de la calle para poder ver la ventana de la habitación de los niños; sí, estaba cerrada, pero completamente iluminada, y lo peor de todo era que detrás de la cortina se veían las sombras de las tres figuras en pijama, dando vueltas y vueltas. Pero no estaban en el suelo, sino en el aire.

¡No eran tres! ¡Eran cuatro!

Temblando, abrieron la puerta de la calle. El señor Darling habría subido las escaleras al galope, pero la señora Darling le indicó que no hiciera ruido, porque le parecía que se oían hasta los latidos de su corazón.

¿Llegarán a tiempo? De ser así, qué maravilloso para ellos, y todos nosotros soltaremos un suspiro de alivio, pero no habrá historia que contar. Por otra parte, si no llegan a tiempo, prometo solemnemente que todo se arreglará al final.

Habrían llegado a tiempo de no haber sido porque las estrellas pequeñas no les quitaban el ojo de encima. Volvieron a abrir la ventana de un soplo y la estrella más pequeña gritó:

—¡Cuidado, Peter!

El chico supo que no había un momento que perder.

—Vamos —exclamó imperiosamente, y se remontó en la oscuridad de la noche, seguido de John, de Michael y de Wendy.

El señor y la señora Darling y *Nana* llegaron demasiado tarde. Los pájaros habían volado.

LOS PÁJAROS HABÍAN VOLADO

CAPÍTULO 4
El vuelo

La segunda a la derecha y todo seguido hasta el amanecer.

Éste, según había dicho Peter a Wendy, era el camino para llegar al País de Nunca Jamás; pero ni los pájaros, llevando mapas y consultándolos en las esquinas de más viento, habrían logrado llegar con esas señas. Lo que le ocurría a Peter es que siempre decía lo primero que se le pasaba por la cabeza. Al principio sus acompañantes confiaban plenamente en él, como era lógico; además, volar era un placer tan grande, que perdían el tiempo rodeando los campanarios de las iglesias y todos los objetos elevados que se encontraban en el camino.

John y Michael iban haciendo carreras; Michael iba por delante.

Recordaron con desprecio que hacía muy poco tiempo se habían creído geniales por volar dentro de una habitación.

Hacía muy poco tiempo... ¿Cuánto tiempo? Estaban sobrevolando el mar cuando lo del tiempo empezó a preocupar a Wendy seriamente. John decía que ya llevaban dos mares y tres noches.

A veces estaban a oscuras y a veces había luz; de repente pasaban mucho frío y luego demasiado calor. ¿Les entraba hambre a veces, o fingían tenerla por la forma tan divertida con que Peter les daba de comer? Lo que hacía era perseguir a los pájaros que llevaban en el pico comida apetecible, y quitársela; entonces los pájaros lo seguían a él para recuperarla; y así iban, persiguiéndose alegremente unos a otros durante kilómetros, despidiéndose finalmente con expresiones amables. Pero a Wendy le pareció un poco preocupante que Peter considerara aquélla la forma normal de procurarse el pan, y seguro que no se le había ni pasado por la cabeza que existieran otras maneras de hacerlo.

Lo que no fingían era tener sueño; tenían sueño, y esto era un peligro, porque en el momento en que se quedaban dormidos, caían en picado. Lo horrible del caso era que a Peter le hacía gracia.

—¡Ya está otra vez! —exclamaba entusiasmado al ver a Michael cayendo como una piedra.

—¡Sálvale, sálvale! —gritaba Wendy mirando horrorizada el cruel mar que tenían debajo.

Peter siempre acababa lanzándose velozmente, agarrando a Michael justo antes de llegar al mar, y era precioso verlo; pero siempre esperaba hasta el último momento y daba la sensación de que le interesaba más poner a prueba su destreza que salvar la vida a una persona. Además, como le gustaba mucho la variedad, lo que le fascinaba durante un tiempo podía empezar a aburrirle muchísimo de repente, con lo cual siempre existía la posibilidad de que la próxima vez los dejara caer sin salvarlos.

Él sabía dormir mientras volaba, sin caerse; se tumbaba de espaldas y flotaba, pero esto era, en parte, porque pesaba tan poco que, si alguien se ponía detrás de él y soplaba, le hacía ir más deprisa.

—No seas tan grosero con él —susurró Wendy a John cuando estaban jugando a seguirlo.

—Pues dile que no sea tan fanfarrón —dijo John.

El juego consistía en repetir todo lo que hiciera el que iba en primer lugar. Cuando el primero era Peter, se dedicaba a volar pegado al agua, tocando la cola de todos los tiburones que veía, como el que va tocando los barrotes de una barandilla al pasear por la calle. A los hermanos les resultaba casi imposible seguirlo en esto, y quizá sí que fuera una fanfarronada, sobre todo porque Peter miraba hacia atrás sin parar, contando las colas que se habían saltado.

—Tenéis que ser amables con él —decía Wendy a sus hermanos—. ¿Qué nos pasaría si se fuera y nos quedáramos solos?

—Nos volveríamos —dijo Michael.

—¿Y cómo íbamos a saber el camino?

—Pues, entonces, seguiríamos adelante —dijo John.

—Eso es lo peor, John. Tendríamos que seguir adelante, porque no sabemos parar.

Era cierto; a Peter no se le había ocurrido enseñarles a parar.

John dijo que, en el peor de los casos, lo único que había que hacer era seguir en línea recta, porque como el mundo es redondo, acabarían volviendo a la ventana.

—¿Y quién nos iba a dar de comer, John?

—Yo he conseguido comer del pico de un águila, Wendy.

—Después de intentarlo unas veinte veces —le recordó su hermana—. Y aunque acabáramos sabiendo conseguir comida, no hacemos más que chocarnos con nubes y con cosas raras en cuanto Peter no está cerca para echarnos una mano.

Era verdad que se daban golpes constantemente. Ahora volaban con mayor seguridad, aunque seguían pataleando muchísimo; pero si tenían una nube por delante, cuanto más intentaban esquivarla, más probable era que se dieran de bruces con ella. Si *Nana* hubiera ido con ellos, a estas alturas ya le hubiera puesto a Michael una venda en la cabeza.

Peter no estaba con ellos en aquel momento, y se sentían un poco abandonados estando allá arriba los tres solos. Como él volaba mucho más rápido, de repente salía disparado y desaparecía, metiéndose en alguna aventura sin contar con ellos. Al rato volvía a aparecer riéndose de lo increíblemente gracioso que le parecía lo que acababa de decir a una estrella, aunque ya no se acordaba de lo que era; otras veces venía lleno de escamas de sirena, pero no estaba muy seguro de lo que le había sucedido. A los niños les parecía bastante irritante, sobre todo porque estaban deseando ver una sirena por primera vez.

—Si se olvida de ellas con tanta rapidez —decía Wendy—, también puede olvidarse de nosotros de repente.

Y tenía razón, porque había veces que al volver de una de sus escapadas no se acordaba de ellos o, por lo menos, no se acordaba del todo. Wendy estaba segura. En una ocasión los reconoció cuando estaba a punto de decirles la hora y pasar de largo; y otra vez Wendy tuvo incluso que decirle cómo se llamaba.

—Soy Wendy —dijo, bastante ofendida.

Peter lo pasó muy mal en aquel momento.

—Oye, Wendy —susurró—, siempre que veas que me estoy olvidando de ti, repíteme: «Soy Wendy», para que me acuerde.

Esto resultaba bastante poco satisfactorio. Sin embargo, para enmendarse, Peter les enseñó a tumbarse sobre un viento fuerte que iba en su misma dirección: esto fue un cambio tan agradable que, después de hacer varias pruebas, vieron que podían dormirse con toda tranquilidad. Los hermanos hubieran dormido más, pero Peter aguantaba muy poco durmiendo, y enseguida gritaba con su voz de capitán: «Nos bajamos aquí». Y así, divertidos y contentos a pesar de alguna que otra riña, fueron acercándose al País de Nunca Jamás, aunque aún tardaron varias lunas en llegar. Hay que reconocer que habían ido bastante bien encaminados, pero no tanto gracias al sentido de la orientación de Peter y de Campanilla como al hecho de que la propia isla estaba pendiente de su llegada. Sólo así se consigue avistar aquellas costas mágicas.

—Ahí está —dijo Peter con mucha calma.

—¿Dónde, dónde?

—Donde señalan las flechas.

Efectivamente, había un millón de flechas doradas que señalaban hacia la isla; esto era obra de su amigo el Sol, que quería dejarlos bien encaminados antes del anochecer.

Wendy, John y Michael se pusieron de puntillas en el aire para ver la isla por primera vez. Aunque parezca extraño, la reconocieron enseguida y, antes de que les entrara el miedo, la aclamaron no como algo muy soñado que llega por fin, sino como a un amigo de siempre al que se saluda al volver a casa de vacaciones.

—John, mira, la laguna.

—Wendy, mira las tortugas enterrando sus huevos en la arena.

—Oye, John, ahí está tu flamenco de la pata rota.

—Mira, Michael, tu cueva.

—John, ¿qué es lo que hay entre esos matojos?

—Es una loba con sus cachorros. Wendy, me parece que ése de ahí es tu lobato.

—Ahí está mi barco, John, todo desfondado.

—No, no es ése. ¡Si el tuyo lo habíamos quemado!

—Es ése, seguro. Oye, John, estoy viendo el humo del campamento de los pieles rojas.

—¿Dónde? Dímelo y, por la forma de las señales de humo, sabré si van a la guerra o no.

—Ahí, al otro lado del río Misterioso.

—Ah, ya lo veo. Pues sí, está claro que van a la guerra.

A Peter le dio un poco de rabia que supieran tanto; pero si lo que pretendía era tenerlos dominados, tenía el triunfo en la mano. ¿No os había dicho que después cayó sobre ellos el miedo? El miedo llegó al irse las flechas, dejando a la isla en penumbra.

En los viejos tiempos, cuando estaban en casa, el País de Nunca Jamás se ponía bastante oscuro y amenazador al llegar la hora de dormir. Las zonas desconocidas se elevaban y agrandaban; sobre ellas danzaban sombras oscuras; el rugido de las fieras se transformaba completamente, pero lo más importante de todo era que se perdía la seguridad de poder ganar. En aquel momento, la lamparita de dormir era muy reconfortante. Incluso resultaba agradable oír a *Nana* diciendo que aquello que se veía ahí no era ni más ni menos que la chimenea, y que lo del País de Nunca Jamás se lo habían inventado.

Claro que en aquellos tiempos el País de Nunca Jamás era una invención; pero de pronto se hizo realidad, y ya no tenían sus lamparitas, y cada vez había menos luz, y... ¿dónde estaba *Nana*?

Durante el viaje habían ido por separado, pero ahora se apiñaban los tres junto a Peter, cuya indiferencia había desaparecido por fin. Le brillaban muchísimo los ojos, y a los hermanos les daba un escalofrío cada vez que lo tocaban. Estaban justo encima de la terrorífica isla, volando tan bajo que a veces rozaban algún árbol con los pies. No se veía nada horrible a la vista, pero iban avanzando lenta y trabajosamente, como si tuvieran que abrirse camino frente a fuerzas hostiles. Había momentos en que se quedaban colgados en el aire mientras Peter intentaba domarlo a puñetazos.

—No quieren que tomemos tierra —les explicó.

—¿Quiénes? —preguntó Wendy, temblando.

Pero Peter no podía, o no quería, decírselo. Despertó a Campanilla, que se le había dormido encima del hombro, para que fuera por delante.

A veces, Peter se quedaba suspendido en el aire, acercándose la mano a la oreja para oír mejor y mirando fijamente hacia abajo con unos ojos tan brillantes que parecía que iba a perforar la tierra con ellos. Después de esto, seguía adelante.

Su valentía era verdaderamente sorprendente.

—¿Os apetece una aventura ahora? —preguntó a John como el que no quiere la cosa—. ¿O preferís tomar el té antes?

Wendy dijo rápidamente que prefería tomar el té y Michael le estrujó la mano en señal de agradecimiento, pero John, que era más valiente, no se decidía.

—¿Qué aventura? —preguntó cautelosamente.

—Justo debajo de nosotros, en la pampa, hay un pirata dormido —le contó Peter—. Si queréis, podemos bajar a matarlo.

—Yo no lo veo —dijo John después de un largo silencio.

—Yo sí.

—Imagínate que se despierta —dijo John con una voz algo ronca.

Peter se indignó.

—¡No me creerás capaz de matarlo mientras está durmiendo! Primero lo despertaría y luego lo mataría. Siempre lo he hecho así.

—¡Vaya! ¿Y matas muchos?

—Montones.

—Qué estupendo —dijo John, pero decidió tomar el té primero.

Preguntó si había muchos piratas en la isla en ese momento, y Peter le dijo que nunca había visto tantos.

—¿Quién es el capitán ahora mismo?

—Garfio —contestó Peter, y se le contrajo la cara al decir el nombre que más odiaba.

—¿Jas Garfio?

—Sí.

Entonces Michael se echó a llorar, y John empezó a tartamudear, pues Garfio tenía fama de ser terrible.

—Era el contramaestre de Barbarroja —susurró John con voz carrasposa—. Es el peor de todos. Es el único hombre al que tuvo miedo Barbacoa.

—Ése es —dijo Peter.

—¿Cómo es? ¿Es grande?

—Ya no es tan grande como era.

—¿A qué te refieres?

—Yo le he cortado un trozo.

—¡Tú!

—Sí, yo —dijo Peter con voz áspera.

—No pretendía ofenderte.

—Bah, da igual.

—Pero, oye, ¿qué trozo?

—La mano derecha.

—Entonces, ¿ya no puede luchar?

—¡Vaya si puede!

—¿Es zurdo?

—Tiene un garfio de hierro en lugar de la mano derecha, y da zarpazos con él.

—¡Zarpazos!

—Oye, John.

—¿Qué?

—Di: «Sí, señor».

—Sí, señor.

—Todos los chicos que sirven bajo mis órdenes deben hacer una promesa, y tú también.

John palideció.

—Es lo siguiente: si nos encontramos con Garfio en plena lucha, tienes que dejármelo a mí.

—Lo prometo —dijo John con toda lealtad.

De momento se les había pasado un poco la sensación extraña del principio, porque Campanilla iba volando junto a ellos, y gracias a su luz se veían unos a otros. Por desgracia, el hada no podía volar tan despacio como ellos y tenía que ir dando vueltas y vueltas, rodeándolos de un círculo dentro del que se movían como si fuera un halo. Wendy iba muy contenta volando así, hasta que Peter le explicó el inconveniente que tenía aquello.

—Campanilla me dice que los piratas ya nos habían descubierto antes de que llegara la oscuridad, y que han sacado el Gran Tom.

—¿El cañón?

—Sí. Y seguro que han visto la luz de Campanilla, y como se imaginarán que estamos con ella, seguro que abrirán fuego.

—¡Wendy!

—¡John!

—¡Michael!

—Dile que se marche ahora mismo, Peter —exclamaron los tres simultáneamente.

Pero él se negó.

—Dice que nos hemos perdido —contestó con tono seco—, y está un poco asustada. ¡Cómo voy a dejarla sola si está asustada!

En ese momento se rompió el círculo de luz y Peter recibió un pellizco cariñoso.

—Pues dile —suplicó Wendy— que apague la luz.

—No puede. Es casi lo único que un hada no puede hacer. Sólo se le apaga cuando duerme, igual que a las estrellas.

—Pues dile que se duerma —dijo John imperiosamente.

—No puede dormir más que cuando tiene sueño. Es la segunda cosa que un hada no puede hacer.

—Pues a mí me parece —gruñó John— que son las únicas dos cosas que merecen la pena.

Él también recibió un pellizco, aunque no precisamente cariñoso.

—Si alguno de nosotros tuviera un bolsillo —dijo Peter—, podríamos meterla dentro.

Sin embargo, como habían salido tan deprisa, ninguno de los cuatro llevaba un bolsillo. De repente, Peter tuvo una idea feliz. ¡El sombrero de John!

Campanilla se avino a viajar en sombrero siempre que lo llevaran en la mano. Tenía la esperanza de que lo llevara Peter, pero fue John quien lo llevó. Al rato lo tomó Wendy, porque John decía que el sombrero le iba dando golpes en la rodilla mientras volaba; y esto, como veremos, trajo problemas, pues el hada no estaba dispuesta a recibir favores de Wendy.

Dentro de la chistera la luz quedaba completamente oculta, y los niños continuaron volando en silencio. Era el silencio más denso que habían sentido en su vida, exceptuando un chapoteo lejano que según Peter procedía de las fieras que bebían en el vado, y también un crujido, como el que hacen las ramas de los árboles al rozar unas con otras, aunque según Peter era el ruido de los pieles rojas afilando sus cuchillos.

Pero incluso estos sonidos desaparecieron. A Michael le parecía espantosa aquella soledad.

—Yo quiero que algo haga ruido —exclamó.

Como en respuesta a su petición, un estruendo impresionante hendió el aire. Los piratas habían disparado el Gran Tom contra ellos.

El rugido se multiplicó al atravesar las montañas, y parecía que el eco chillaba diciendo: «¿Dónde están, dónde están, dónde están?».

Así fue, con esta brusquedad, como los tres hermanos descubrieron la diferencia entre una isla de mentira y esa misma convertida en realidad.

Cuando los cielos volvieron a serenarse por fin, John y Michael se encontraron con que estaban solos en la oscuridad.

John pataleaba mecánicamente, y Michael, que no sabía flotar, estaba flotando.

—¿Estás herido? —susurró John con voz trémula.

—Aún no lo sé —contestó Michael en voz baja.

Ninguno de ellos estaba herido, pero Peter había salido lanzado hacia el mar por efecto del disparo, mientras que Wendy se elevó por los aires con Campanilla como única acompañante.

Habría sido mejor que Wendy hubiera dejado caer el sombrero. No sé si al hada se le ocurrió de repente o si lo había ido pensando por el camino, pero lo cierto es que salió rápidamente del sombrero y se dispuso a arrastrar a Wendy hacia su perdición.

Campanilla no era mala del todo; o mejor dicho, en aquel momento sí lo era; pero también hay que decir que a veces era buena del todo. Esto es debido a que, desgraciadamente, las hadas son tan pequeñas que sólo les caben los sentimientos de uno en uno. Les está permitido cambiar, no obstante, pero siempre que se trate de un cambio completo. En aquel momento, Campanilla estaba absolutamente celosa. Wendy no entendía lo que decía el hada con su hermoso tintineo, que parecía amable a pesar de que debía de contener más de una palabrota. Campanilla se puso a revolotear alrededor de Wendy, como diciendo: «Sígueme y todo irá bien».

¿Qué podía hacer la pobre Wendy? Llamó a Peter, y a John, y a Michael, pero sólo oyó un eco burlón. Aún no sabía que Campanilla, hada, pero mujer de los pies a la cabeza, la odiaba ferozmente. Por tanto, aturdida y dando tumbos en su vuelo, siguió al hada hacia su perdición.

CAPÍTULO 5

La isla era de verdad

Al darse cuenta de que Peter había emprendido el regreso, el País de Nunca Jamás se llenó de vida. En su ausencia, la isla suele estar tranquila. Las hadas se despiertan una hora más tarde, los animales se ocupan de sus crías, los pieles rojas se atiborran durante seis días y seis noches, y cuando los niños perdidos se encuentran con los piratas, se limitan a hacerse gestos como ponerse el dedo gordo en la nariz. Pero al llegar Peter, que odia el letargo, todos vuelven a ponerse en marcha; en ese momento, cualquiera que apoye una oreja en el suelo podrá escuchar el bullicio de la isla en plena actividad. Aquella noche los bandos se hallaban dispuestos de la siguiente manera: los niños perdidos habían salido en busca de Peter, los piratas en busca de los niños perdidos, los pieles rojas en busca de los piratas y los animales en busca de los pieles rojas. No hacían más que dar vueltas a la isla, pero no se encontraban porque iban todos a la misma velocidad.

Todos querían sangre menos los niños, que aquella noche sólo pensaban en recibir a su capitán. Como es de suponer, el número de niños varía dependiendo de los que mueren en la lucha y de los que Peter elimina al ver que crecen, ya que crecer está prohibido. Lo cierto es que en aquel momento eran seis, contando a los gemelos como dos. Vamos a imaginar que estamos escondidos en los cañaverales y que los vemos pasar en fila india, con la mano pegada al puñal.

Peter les tiene prohibido parecerse a él en lo más mínimo. Van vestidos con las pieles de los osos que cazan; esto les hace el cuerpo tan abultado y redondo que, cuando se caen, ruedan por los suelos. Éste es el motivo de que siempre procuren andar con buen pie.

El primero en pasar es Tootles, no el menos valiente pero sí el más desgraciado de la banda. Se había perdido casi todas las aventuras, porque las cosas importantes siempre pasaban cuando él acababa de doblar la esquina; si todo estaba en calma, por ejemplo, y Tootles aprovechaba para ir a recoger leña, al volver siempre se encontraba a los demás bañados en sangre. Esta mala suerte le había dado un aspecto un tanto melancólico, pero en vez de amargarle el carácter, le había vuelto más tranquilo, y era el más humilde de todos. Mi buen Tootles, esta noche hay peligro a la vista. Ten cuidado, no vaya a ser que se te presente una aventura, la aceptes y te hundas en la mayor de las desgracias. Tootles, el hada Campanilla va a hacer de las suyas esta noche y quiere usarte como arma, pues cree que eres el más fácil de engañar. Ojo con Campanilla.

Ojalá pudiera oírnos, pero como en realidad no estamos en la isla, Tootles pasa de largo, mordiéndose los nudillos.

El siguiente es Nibs, alegre y simpático, seguido de Slightly, que siempre está cortando árboles para fabricar flautas, de las que saca melodías que le hacen bailar entusiasmado. Slightly es el más engreído de todos. Está convencido de que recuerda cómo era su vida antes de perderse, los horarios y las costumbres que tenía; de ahí que siempre vaya con la nariz en alto y con cierto aire insolente. Curly es el cuarto; es un trasto y ha tenido que entregarse tantas veces cuando Peter dice: «Que dé un paso hacia delante quien haya hecho esto», que ahora, al oírlo, da un paso automáticamente, lo haya hecho o no. En último lugar van los gemelos, a quienes no podemos describir sin temor a confundirlos. Peter nunca había entendido bien lo de los gemelos, y como los de su banda tenían prohibido saber cualquier cosa que él no supiera, ninguno de los gemelos daba muchas explicaciones. No querían complicar aún más la situación, y procuraban mantenerse siempre juntos para llamar la atención lo menos posible.

Los niños desaparecen en la penumbra y al cabo de un tiempo, no mucho, porque en la isla todo sucede con rapidez, vemos a los piratas siguiendo sus huellas. Se los oye antes de verlos, pues siempre cantan esta horrible canción:

Soltad amarras, levad el ancla,
nos hacemos a la mar.

Si un disparo nos separa,
abajo nos hemos de encontrar.

Semejante banda de rufianes no se ve ni en la horca un día de ejecución. En primer lugar, siempre escuchando con la cabeza pegada al suelo, los enormes brazos desnudos y las orejas adornadas con monedas de cobre, tenemos a Cecco, un apuesto italiano que, con un cuchillo, dejó su nombre escrito en letras de sangre sobre la espalda del director de la prisión de Gao. El negro gigantesco que lo sigue ha tenido muchos nombres desde que cesó de responder al que todavía usan las madres morenas para aterrorizar a sus hijos a orillas del Guadjomo. Luego viene Bill Jukes, tatuado de la cabeza a los pies, el mismo Bill Jukes al que Flint tuvo que dar seis docenas de azotes en el *Walrus* para convencerlo de que soltara la bolsa de monedas de oro; y Cookson, que se hacía pasar por hermano de Murphy *el Negro* (aunque nunca pudo demostrarlo); y el caballero Starkey, que fue adjunto en un colegio privado y aún era puntilloso a la hora de matar; Skylights (el Skylights de Morgan); y Smee, el contramaestre irlandés, un hombre genial a su manera, pues daba puñaladas, por así decirlo, sin ofender, y era el único inconformista de la tripulación de Garfio; y Noodler, que tenía las manos dadas la vuelta; y Robert Mullins, y Alf Mason y muchos otros bribones famosos y temidos en las costas del Caribe.

En medio de ellos, la joya más negra de la montura, descansaba James Garfio, o Jas, como se hacía llamar.

Garfio, el único hombre a quien temió Barbacoa, iba cómodamente tumbado en un carro que arrastraban sus hombres, y en lugar de la mano derecha tenía el gancho de hierro con el que los iba animando a apretar el paso. Este hombre horrible los trataba como a perros, y como perros le obedecían. Todo él era cadavérico y negruzco; tenía el cabello peinado en tirabuzones tan largos que a cierta distancia parecían velas, lo que daba a su apuesto rostro una expresión malévola. Los ojos eran del azul de la flor del nomeolvides y profundamente melancólicos, menos cuando estaba en plena pelea intentando clavar el garfio, porque entonces aparecían en ellos dos puntos rojos que daban una luz aterradora. En cuanto a sus modales, aún conservaba un cierto aire de gran señor. Mantenía las apariencias incluso durante la lucha más sangrienta y parece ser que era famoso por su habilidad para contar historias. Cuanto más educado era más siniestro resultaba, lo cual era probablemente la prueba más certera de su buena cuna; la elegancia de su dicción, incluso cuando decía blasfemias, así como la distinción de su porte, evidenciaban que era de una casta diferente a la de su tripulación. Hombre de valor indomable, se contaba de él que sólo lo asustaba la vista de su propia sangre, espesa y de color extraño. En cuanto a la vestimenta, recordaba un poco al atuendo asociado con el nombre de Carlos II, puesto que le habían dicho en su juventud que tenía un asombroso parecido con los desafortunados Estuardo, y llevaba una boquilla de su propia invención que le permitía fumar dos cigarrillos a la vez.

Pero, indudablemente, lo más siniestro de todo era su garfio de hierro.

Veamos ahora cómo mata a un pirata, para mostrar el método de Garfio. El mismo Skylights nos servirá. Al pasar junto a nosotros, Skylights roza al capitán sin querer, descolocándole el cuello de encaje. El garfio sale disparado, se oye un chasquido y un lamento, alguien aparta el cuerpo de un puntapié y los piratas siguen su camino. Garfio ni siquiera se ha quitado los cigarrillos de la boca.

Éste es el hombre con quien ha de enfrentarse Peter Pan. ¿Quién vencerá?

Tras el rastro de los piratas, avanzando silenciosamente por la senda de la guerra, senda invisible para un inexperto, vemos a los pieles rojas, todos con los ojos pelados. Llevan cuchillos y hachas de guerra; el cuerpo embadurnado de pintura y aceite. Van cubiertos de cabelleras, tanto de niños como de piratas, puesto que se trata de la tribu piccaninny, que no debe confundirse con los delaware o los huron, mucho más benévolos. En la vanguardia, a gatas, va Pequeño Gran Pantera, un guerrero de tantas cabelleras que, en su posición actual, le dificultan considerablemente el avance. Cerrando la marcha, en el lugar de mayor peligro, va Tigridia, erguida y orgullosa, princesa por derecho propio. Es la más bella de las Dianas morenas y la más popular de las mujeres piccaninny, coqueta, fría o amorosa según se tercie; no hay ni un solo guerrero que no esté dispuesto a tomar por esposa a la brava princesa, pero ella se defiende del altar a hachazos. Observad cómo pasan sobre las ramas caídas sin hacer ni un ruido. Lo único que se escucha es su respiración agitada. Lo cierto es que en este momento están todos bastante gordos, pues acaban de pasar una temporada atiborrándose, pero tardarán poco en perder la grasa acumulada. Por ahora, sin embargo, esto constituye el principal peligro.

Los pieles rojas desaparecen igual que han aparecido, como sombras, y al poco tiempo su lugar es ocupado por las fieras: los leones, los tigres y los osos, así como los innumerables bichos que huyen de ellos, ya que todos los animales, y más concretamente los que comen carne humana, son como uña y carne en esta isla maravillosa. Todos van con la lengua fuera, pues tienen hambre esta noche.

Cuando ya han pasado los animales, viene el último de todos estos personajes, un cocodrilo gigantesco. Después veremos a quién está buscando.

El cocodrilo pasa de largo, pero enseguida vuelven a aparecer los niños, puesto que la procesión debe continuar indefinidamente hasta que uno de los bandos se detenga o cambie el paso. Si esto ocurre, tardarán poco en echarse unos encima de otros.

Todos van mirando fijamente hacia delante, pero ninguno sospecha que el peligro pueda estar acercándose sigilosamente por detrás. Esto demuestra lo real que era la isla.

Los primeros en salirse del círculo giratorio fueron los niños. Se tumbaron a descansar en el césped que había cerca de su guarida subterránea.

—Cómo me gustaría que volviera Peter —comentaron todos ellos.

Estaban nerviosos, aunque en altura, y sobre todo en anchura, sobrepasaban a su capitán.

—Yo soy el único que no tiene miedo a los piratas —dijo Slightly con ese tono que los demás encontraban tan difícil de soportar; sin embargo, debió de oír algún ruido a lo lejos, pues añadió rápidamente—: pero cómo me gustaría que volviera y que nos contara algo más sobre la Cenicienta.

Se pusieron a hablar de la Cenicienta y Tootles dijo que estaba seguro de que su madre debía de haberse parecido mucho a ella.

Sólo podían hablar de madres en ausencia de Peter, que había prohibido el tema por considerarlo una tontería.

—Lo único que recuerdo de mi madre —dijo Nibs— es que muchas veces le decía a mi padre: «Cómo me gustaría tener mi propio talonario». No sé lo que es un talonario, pero me encantaría regalarle uno a mi madre.

Mientras hablaban oyeron un ruido a lo lejos. Vosotros y yo, que no sabemos lo que es vivir como salvajes en un bosque, no habríamos oído nada, pero ellos sí lo oyeron, y era aquella siniestra canción:

Ja, ja, ja, la vida del pirata.
Los huesos en la negra bandera.
Una hora alegre, una soga que mata,
y Davy Jones a nuestra vera.

Al instante, los niños perdidos..., pero ¿dónde se han metido? Ya no están. Ni los conejos desaparecen tan deprisa.

Os explicaré lo que ha ocurrido. Excepto Nibs, que se ha marchado en misión de reconocimiento, están todos en su casa bajo el suelo, un lugar muy agradable que ya conoceremos más adelante. Pero ¿cómo han llegado? No se ve ninguna entrada, ni siquiera un montón de leña que al retirarse descubra la boca de una cueva. Aunque si miráis con más detenimiento descubriréis que hay siete árboles, y que cada uno de sus troncos huecos tiene un agujero del tamaño de un niño. Éstas son las siete entradas de la guarida subterránea que Garfio lleva buscando en vano durante muchas lunas. ¿La encontrará esta noche?

Mientras tanto, los piratas seguían su marcha y fue entonces cuando Starkey, que tiene mucho ojo, vio a Nibs desaparecer entre los árboles. Sacó la pistola rápidamente, pero una garra de hierro le agarró del hombro.

—Soltadme, capitán —exclamó Starkey dando un respingo.

Es entonces cuando oímos la voz de Garfio por primera vez. Tenía una voz densa y tenebrosa.

—Primero guarda la pistola —dijo, amenazante.

—Era uno de esos niños que odiáis. Hubiera podido matarle de un tiro.

—Sí, y al oír el disparo se nos hubieran echado encima los pieles rojas de Tigridia. ¿Quieres quedarte sin cabellera o qué?

—¿Le sigo, capitán, y le hago cosquillas con Juanito Sacacorchos? —preguntó el patético Smee.

Smee siempre ponía nombres graciosos a las cosas y su alfanje era Juanito Sacacorchos, porque le gustaba darle vueltas dentro de la herida del adversario. De Smee se pueden citar muchos rasgos enternecedores. Por ejemplo, después de matar se limpiaba las gafas en vez de limpiar el arma.

—Juanito es muy discreto —recordó al capitán Garfio.

—Ahora no, Smee —dijo Garfio malhumorado—. Sólo es uno de ellos y yo quiero cazar a los siete. Separaos y buscadlos.

Los piratas desaparecieron entre los árboles, dejando solos al capitán y a Smee. Garfio soltó un enorme suspiro, y no sé por qué, quizá por la paz y la belleza de la noche, pero lo cierto es que sintió la necesidad de contar a su fiel contramaestre la historia de su vida. Habló mucho y muy sinceramente, pero Smee, que era más bien tonto, no estaba prestando mucha atención. Hasta que oyó la palabra Peter.

—Y sobre todo —dijo Garfio apasionadamente— quiero cazar a su capitán, Peter Pan. Fue él quien me cortó el brazo —añadió, levantando el peligroso garfio—. Llevo mucho tiempo esperando que choquemos los cinco. ¡Ja! Lo voy a abrir en canal.

—Pero —dijo Smee— muchas veces os he oído decir que un garfio vale más que veinte manos, para peinarse y mil cosas más.

—Cierto —contestó el capitán—. Si yo fuera una madre, rezaría para que mis hijos nacieran con esto en vez de esto.

Se miró con orgullo la mano de hierro y con desprecio la otra, frunciendo el ceño otra vez.

—Peter lanzó mi brazo a un cocodrilo que pasaba por allí —dijo estremeciéndose.

—Ya he notado —dijo Smee— vuestra aversión a los cocodrilos.

—No a los cocodrilos —lo corrigió Garfio—, sino a ese cocodrilo —dijo bajando la voz—. Mi brazo le gustó tanto, Smee, que desde aquel día me viene siguiendo, de mar en mar y de tierra en tierra, relamiéndose de pensar en el resto de mí.

—Bien mirado —dijo Smee—, resulta halagador.

—No quiero tales halagos —gruñó Garfio con petulancia—. Quiero cazar a Peter Pan, el culpable de que esa bestia me catara por primera vez.

Se sentó encima de una seta enorme y siguió hablando, ahora con voz temblorosa.

—Smee —dijo roncamente—, ese cocodrilo ya tendría que haberme cazado, pero por suerte se tragó un reloj que sigue haciendo tictac; al oírlo sé que está cerca y me da tiempo de salir corriendo.

Soltó una carcajada, pero sonó a hueco.

—Un día de éstos —dijo Smee— el reloj se quedará sin cuerda, y entonces os atrapará.

Garfio se humedeció los labios.

—Sí —dijo—. Eso es lo que más miedo me da.

Desde que se había sentado estaba notando un calor extraño.

—Smee, esto está ardiendo —dijo, levantándose de un salto—. ¡Por las barbas del corsario negro! ¡Me abraso vivo!

Examinaron la seta, cuyo tamaño y consistencia eran desconocidos en la isla; intentaron arrancarla y se quedaron con ella en las manos, porque no tenía raíces. Y lo que era aún más extraño, empezó a salir humo. Los piratas se miraron el uno al otro.

—¡Una chimenea! —exclamaron los dos a la vez.

Acababan de descubrir la chimenea de la guarida subterránea, ni más ni menos. Los niños tenían la costumbre de taparla con una seta cuando los enemigos rondaban la zona.

No sólo salía humo. También salían voces infantiles, pues los niños se sentían tan seguros en su escondite que estaban charlando alegremente. Los piratas escucharon con atención y volvieron a colocar la seta en su sitio. Miraron a su alrededor y descubrieron los siete árboles con sus agujeros.

—¿Les habéis oído decir que Peter Pan está de viaje? —susurró Smee, jugueteando con Juanito Sacacorchos.

Garfio asintió. Se quedó un buen rato mirando al vacío, pensando, hasta que se le iluminó la cara con una sonrisa gélida, que era justo lo que Smee esperaba ver.

—Contadme vuestro plan —exclamó ansioso.

—Volver al barco —le explicó Garfio, hablando despacio y entre dientes— para preparar una tarta enorme y suculenta, cubierta de azúcar verde. Ahí abajo sólo puede haber una habitación, ya que sólo hay una chimenea; esos topos no han tenido la sensatez de darse cuenta de que no necesitan una puerta para cada uno. Se les nota que no tienen madre. Dejaremos la tarta en la orilla de la laguna de las sirenas. Los niños siempre van allí a nadar y a jugar con las sirenas. Verán la tarta y se la comerán entera, porque al no tener madre no saben lo peligroso que es comerse una tarta recién hecha —dijo, soltando una carcajada que esta vez no sonó a hueco, sino que era auténtica—. ¡Ja, ja, morirán!

Smee lo había escuchado todo con una admiración cada vez mayor.

—Es el plan más malvado y maravilloso que he oído en mi vida —exclamó.

Exultantes los dos, se pusieron a cantar:

Al avistarle sueltan amarras.
Todos temen al gran pirata.
Cuando Garfio saca la garra,
no quedan ni las ratas.

Empezaron con esta estrofa pero no llegaron a terminarla, pues oyeron un ruido que los hizo callar. Al principio era un sonido tan diminuto que si una hoja le hubiese caído encima lo hubiera apagado, pero al irse acercando empezó a oírse claramente.

Tictac, tictac.

Garfio se quedó paralizado con un pie en el aire, temblando.

—El cocodrilo —dijo con voz entrecortada.

Echó a correr, seguido de su contramaestre.

Efectivamente, era el cocodrilo. Había pasado a los pieles rojas, que iban ahora tras el rastro del resto de los piratas, y se había ido acercando a Garfio silenciosamente.

Los niños salieron afuera otra vez; pero aún no se habían acabado los peligros aquella noche, pues enseguida vieron aparecer a Nibs, que llegaba sin aliento y seguido de cerca por una manada de lobos. Los animales iban con la lengua fuera, soltando unos aullidos espantosos.

—¡Salvadme, salvadme! —dijo Nibs al tropezar y caer.

—Pero ¿qué podemos hacer, qué podemos hacer?

Era muy halagador para Peter que, en aquel momento terrible, todos se acordaran de él.

—¿Qué haría Peter? —exclamaron simultáneamente. Y casi a la vez añadieron—: los miraría bocabajo, con la cabeza entre las piernas —y continuaron—: hagamos lo que haría Peter.

Ésta es la mejor manera de desafiar a los lobos y, como si fueran uno solo, se agacharon y los miraron con la cabeza entre las piernas. El siguiente momento suele hacerse un poco largo, pero se alzaron con la victoria rápidamente, pues, al ver a los niños avanzando en esta terrible postura, los lobos metieron el rabo entre la patas y huyeron.

Entonces Nibs se levantó del suelo y, como tenía los ojos muy abiertos, todos creyeron que aún seguía viendo a los lobos. Pero no eran lobos lo que veía.

—He visto algo mucho mejor —exclamó mientras todos lo rodeaban entusiasmados—. Un gran pájaro blanco que viene volando hacia aquí.

—¿Qué clase de pájaro te ha parecido?

—No lo sé —dijo Nibs, desconcertado—, pero está muy cansado. Va gimoteando y diciendo: «Pobre Wendy».

—¿Pobre Wendy?

—Me acuerdo —dijo Slightly inmediatamente— de unos pájaros que se llaman Wendy.

—Mira, ahí viene —exclamó Curly señalando hacia Wendy, que iba volando por las alturas.

Wendy estaba ya casi encima de sus cabezas y la oyeron quejarse. Pero lo que les llegó perfectamente fue la voz aguda de Campanilla. La muy celosa ya se había quitado del todo su disfraz de amiga. Iba lanzándose sobre su víctima desde todos los ángulos, pellizcándola con saña cada vez que se acercaba.

—Hola, Campanilla —gritaron los niños, perplejos.

La respuesta del hada les llegó claramente:

—Peter quiere que matéis al Wendy.

No tenían la costumbre de hacer preguntas cuando Peter daba una orden.

—Hagamos lo que quiere Peter —exclamaron los muy simplones—. Rápido, arco y flecha.

Todos se metieron en sus árboles de un salto menos Tootles, que llevaba el arco y las flechas encima. Al verlo, la diminuta Campanilla se frotó las manos.

—Venga, Tootles, venga —chilló—. Peter se pondrá contentísimo.

Tootles, nervioso, colocó una flecha en el arco.

—Quítate de en medio, Campanilla —gritó.

Disparó y Wendy cayó al suelo con una flecha clavada en el pecho.

CAPÍTULO 6

La casa pequeña

El bobo de Tootles estaba de pie junto al cuerpo de Wendy, en actitud triunfal, cuando el resto de los niños salieron, armados, de sus árboles.

—Llegáis tarde —gritó orgulloso—. He matado al Wendy. Qué contento se va a poner Peter.

Campanilla, que estaba revoloteando por encima de ellos, gritó: «¡So zopenco!», y se escondió rápidamente. Los niños no la oyeron. Se habían agrupado alrededor de Wendy y, mientras miraban, el bosque se vio envuelto en un silencio sobrecogedor. Si a Wendy le hubiera latido el corazón, lo hubieran oído.

Slightly fue el primero en hablar.

—Esto no es un pájaro —dijo con voz de susto—. Creo que es una señora.

—¿Una señora? —dijo Tootles, echándose a temblar.

—Y la hemos matado —dijo Nibs roncamente.

Todos se quitaron la gorra con gran rapidez.

—Ya lo entiendo. Peter nos la había traído —dijo Curly echándose en el suelo, desconsolado.

—Por fin nos iba a cuidar alguien, una señora —dijo uno de los gemelos—. Y vas tú y la matas.

Tootles les daba mucha pena, pero más pena se daban ellos mismos, y cuando el pobre intentó acercarse, le dieron la espalda. Estaba muy pálido, pero con una cierta dignidad que nunca se le había visto hasta entonces.

—¿Qué he hecho? —dijo, reflexionando—. Cuando soñaba con señoras que se acercaban a mí, yo les decía: «Madre bonita, madre bonita». Y ahora que por fin había venido una señora, la he matado.

Empezó a alejarse del grupo lentamente.

—No te vayas —dijeron todos, apiadándose de él.

—Debo irme —contestó—. Peter me da mucho miedo.

Fue en este trágico momento cuando oyeron un ruido y les dio un vuelco el corazón. Era Peter cacareando.

—¡Peter! —exclamaron, pues así los saludaba siempre al regresar de viaje.

—Que no la vea —susurraron, poniéndose delante de ella precipitadamente.

Pero Tootles se mantuvo alejado del grupo.

Volvieron a oír un sonoro cacareo, y Peter se posó delante de ellos.

—Saludos, chicos —exclamó.

Ellos lo saludaron mecánicamente y volvió a hacerse el silencio.

Peter frunció el ceño.

—He vuelto —dijo acaloradamente—. ¿Por qué no dais gritos de alegría?

Abrieron la boca, pero no consiguieron decir nada. Sin embargo, Peter tenía tanta prisa por contarles magníficas noticias, que lo pasó por alto.

—Os traigo muy buenas noticias, chicos —exclamó—. Por fin vais a tener una madre.

Siguieron sin hacer ni un solo ruido; hasta que Tootles se desplomó de rodillas.

—¿No la habéis visto? —preguntó Peter, preocupado—. Venía volando hacia aquí.

—Ay de mí —dijo una voz.

—Aciago día —dijo otra.

Tootles se puso en pie.

—Peter —dijo sosegadamente—. Voy a enseñártela —y aunque los demás hubieran seguido escondiéndola, dijo—: atrás, gemelos, dejad a Peter que la vea.

Todos se echaron a un lado para que pudiera verla. Peter, después de quedarse mirándola durante un buen rato, no supo qué hacer.

—Está muerta —dijo nervioso—. Puede que la asuste estar muerta.

Estuvo a punto de alejarse dando saltitos hasta perderla de vista, y no volverse a acercar por allí en su vida. De haberlo hecho, todos lo hubieran seguido encantados.

Pero había que solucionar lo de la flecha. Peter se la arrancó del corazón, enfrentándose a su banda.

—¿De quién es? —exigió con voz muy seria.

—Mía, Peter —dijo Tootles, de rodillas.

—Ay, mano vil —dijo Peter mientras alzaba la flecha para usarla como puñal.

Tootles no se inmutó. Se descubrió el pecho y dijo con firmeza:

—Adelante, Peter. Clávamela.

Peter levantó la flecha dos veces y dos veces dejó caer el brazo.

—No puedo —dijo atónito—. Es como si alguien me sujetara la mano.

Todos lo miraron perplejos, menos Nibs, que afortunadamente miró a Wendy.

—Es ella —exclamó—. La señora Wendy; miradle el brazo.

Aunque parezca increíble, Wendy había levantado un brazo. Nibs se agachó hacia ella y se quedó escuchando respetuosamente.

—Creo que ha dicho «Pobre Tootles» —susurró.

—Vive —dijo Peter para abreviar.

Slightly exclamó inmediatamente:

—La señora Wendy está viva.

Entonces Peter se arrodilló junto a ella y vio su botón de bellota. Como recordaréis, Wendy lo llevaba colgado de una cadena al cuello.

—Mirad —dijo Peter—. La flecha le ha dado aquí, en el beso que yo le di. Le ha salvado la vida.

—Me acuerdo de los besos —interrumpió Slightly atropelladamente—. A ver, déjame verlo. Sí, es un beso.

Peter no lo oyó porque estaba suplicando a Wendy que se curase rápidamente para ir a enseñarle las sirenas.

Ella aún no podía hablar, por supuesto, pues había sufrido un espantoso desmayo; pero en ese momento oyeron un lamento que venía de arriba.

—Es Campanilla —dijo Curly—. Llora porque Wendy vive.

Entonces tuvieron que contar a Peter el crimen que había cometido el hada. Jamás lo habían visto tan serio.

—Escúchame bien, Campanilla —exclamó—. Ya no soy amigo tuyo. Aléjate de mí para siempre.

Ella se le posó encima del hombro para pedirle clemencia, pero la apartó con la mano y se mantuvo firme hasta que vio a Wendy levantar el brazo otra vez.

—Bueno, no para siempre —dijo—. Pero sí durante una semana entera.

¿Creéis que el hada estaba agradecida a Wendy por haber levantado el brazo? No, ni mucho menos. Estaba deseando pellizcarla más que nunca. Las hadas, desde luego, son verdaderamente extrañas. Peter, que era el que mejor las entendía, les daba una buena bofetada de vez en cuando.

Pero ¿qué se podía hacer con Wendy en un estado de salud tan delicado?

—Lo mejor es bajarla a casa —sugirió Curly.

—Sí —dijo Slightly—. Eso es lo que se hace con las señoras.

—No, no —dijo Peter—. No debéis tocarla. Sería una falta de respeto.

—Eso es justo lo que estaba pensando —dijo Slightly.

—Pero si la dejamos aquí tumbada —dijo Tootles—, morirá.

—Sí, morirá —admitió Slightly—, pero no hay nada que hacer.

—Sí que lo hay —exclamó Peter—. Podemos construir una casa alrededor de ella.

A los niños les entusiasmó la idea.

—Rápido —les ordenó—. Traedme entre todos lo mejor que tengamos. Vaciad la casa. Rápido.

Todos se pusieron manos a la obra, como si fueran sastres el día antes de la boda. Iban de aquí para allá trayendo sábanas, recogiendo leña, y mientras estaban así de ocupados, aparecieron nada menos que John y Michael dando traspiés. Tenían tanto sueño que se quedaban dormidos de pie, se detenían, daban otro paso y se volvían a quedar dormidos.

—John, John —exclamaba Michael—, despierta. ¿Dónde están *Nana* y mamá?

Entonces John se restregaba los ojos y murmuraba:

—Era verdad, sí que hemos volado.

Lo que os aseguro es que se alegraron mucho de encontrarse con Peter.

—Hola, Peter —dijeron.

—Hola —contestó Peter con amabilidad, aunque se había olvidado de ellos completamente.

En aquel momento estaba muy ocupado midiendo a Wendy con los pies, para ver cómo tenía que ser de grande la casa. Por supuesto, había que dejar suficiente espacio para poner sillas y una mesa. John y Michael lo miraron fijamente.

—¿Wendy se ha quedado dormida? —preguntaron.

—Sí.

—John —propuso Michael—, vamos a despertarla para que nos haga la cena.

Pero mientras lo estaba diciendo aparecieron algunos de los niños corriendo con ramas entre los brazos.

—¡Mira! —exclamó.

—Curly —dijo Peter con su tono de máximo capitán—, encárgate de que estos niños participen en la construcción de la casa.

—Sí, señor.

—¿Construir una casa? —exclamó John.

—Para Wendy —dijo Curly.

—¿Para Wendy? —dijo John, estupefacto—. Pero si es una niña.

—Por eso —le explicó Curly—, somos sus sirvientes.

—¿Vosotros? ¿Sirvientes de Wendy?

—Sí —dijo Peter—. Y vosotros también. En marcha.

A los hermanos, que no salían de su asombro, no les quedó más remedio que ponerse a cortar, talar y acarrear.

—Primero las sillas y la pantalla para la chimenea —ordenó Peter—. Y luego construiremos la casa alrededor.

—Es verdad —dijo Slightly—. Así es como se construye una casa. Ya me acuerdo.

Peter estaba en todo.

—Slightly —ordenó—. Ve a buscar a un médico.

—A la orden.

Slightly desapareció al instante, rascándose la cabeza ante el mandato. Pero sabía que tenía que obedecer a

Peter, con lo cual volvió enseguida. Se había puesto el sombrero de John y tenía un aspecto muy serio.

—Por favor, señor —dijo Peter, acercándose a él—. ¿Es usted médico?

La diferencia entre Peter y el resto de los niños era que, al verse en una situación semejante, ellos sabían que era mentira, mientras que él no distinguía entre las cosas de mentira y las de verdad. Esto les había causado más de un problema, como cuando tenían que tomarse una cena de mentira haciendo que era de verdad.

Si alguna vez se les escapaba decir que algo era de mentira, Peter les pegaba en los nudillos.

—Sí, señor mío —contestó con cierto nerviosismo Slightly, que tenía los nudillos llenos de heridas.

—Por favor, señor —le explicó Peter—, una señora se encuentra gravemente enferma.

Wendy estaba tumbada a los pies de los dos niños, pero Slightly tuvo el buen sentido de hacer que no la veía.

—Vaya, vaya, vaya —dijo—. ¿Dónde se encuentra?

—En aquel claro.

—Le pondré una cosa de cristal en la boca —dijo Slightly, fingiendo que lo hacía mientras Peter esperaba. Los dos pasaron un mal rato cuando llegó el momento de retirar la cosa de cristal.

—¿Cómo está? —se interesó Peter.

—Vaya, vaya, vaya —dijo Slightly—. Esto la ha curado.

—Cuánto me alegro —exclamó Peter.

—Volveré por la noche —dijo Slightly—. Que tome sopa de buey en una taza con pitorro.

Slightly devolvió el sombrero a John y se puso a resoplar ruidosamente, que era lo que hacía siempre después de lograr sortear una dificultad.

Mientras tanto, el bosque se había llenado del ruido de las hachas y Wendy tenía a los pies casi todo lo necesario para construir una casa acogedora.

—Ojalá supiéramos —dijo uno— el tipo de casa que más le gusta.

—Peter —gritó otro—. Se ha movido.

—Está abriendo la boca —dijo un tercero, mirándosela respetuosamente—. ¡Qué belleza!

—Puede que vaya a cantar mientras duerme —dijo Peter—. Wendy, canta el tipo de casa que te gustaría tener.

Inmediatamente, sin abrir los ojos, Wendy empezó a cantar:

Una casa es lo que quiero,
con paredes de ladrillo rojo
y un tejado de verde matojo,
la mejor del mundo entero.

Los niños se entusiasmaron al oír esto, pues era una enorme suerte que las ramas que habían traído estuvieran llenas de resina pegajosa de color rojo, y el suelo estaba completamente alfombrado de musgo. Mientras construían la casa, ellos también rompieron a cantar:

Ya tenemos tejado y paredes,
y una puerta bien hermosa.
Madre Wendy, dinos, si puedes:
¿quieres alguna otra cosa?

A esto contestó ella con cierta avaricia:

Ya puestos, también quisiera
tener ventanas a cientos.
Que haya rosas por fuera.
Que haya niños por dentro.

Hicieron las ventanas a puñetazos, y de cortinas pusieron unas hojas amarillas. Pero lo de las rosas...

—Las rosas —exclamó Peter muy serio.

Inmediatamente llenaron todas las paredes de rosas de mentira.

Y los demás niños...

Para evitar que Peter pidiera niños, se pusieron a cantar precipitadamente:

Ya tenemos rosas por fuera,
y los niños a la puerta.
Estrenamos casa nueva.
La entrada ya está abierta.

Esto a Peter le pareció una idea tan buena que creyó que se le había ocurrido a él. La casa era realmente bonita, y no había duda de que Wendy se encontraba realmente a gusto en ella, aunque desde fuera no se la veía, por supuesto.

Peter iba dando zancadas de un lado a otro, soltando órdenes sobre los últimos toques. Nada escapaba a su ojo de lince. Cuando por fin parecía estar completamente terminada, dijo:

—La puerta no tiene aldaba.

Los niños se quedaron muy avergonzados, pero Tootles cedió una de sus suelas de zapato, que quedó convertida en una aldaba excelente.

«Ahora sí que está terminada del todo», pensaron.

Qué ingenuos.

—No tiene chimenea —dijo Peter—. Debemos ponerle una chimenea.

—Por supuesto que hay que ponerle una chimenea —dijo John con cierto aire de superioridad.

Al oírle, a Peter se le ocurrió una idea. Le quitó a John su sombrero, lo desfondó de un puñetazo y lo colocó encima del tejado. La casa se puso tan contenta al tener una chimenea tan importante que, como si estuviera dando las gracias, empezó a soltar humo por el sombrero inmediatamente.

Por fin estaba terminada. Ya no quedaba nada por hacer más que llamar a la puerta.

—Cuidad vuestro aspecto —les dijo Peter—. La primera impresión es lo que cuenta.

Se alegró de que ninguno de los niños le preguntara qué es una impresión. Estaban todos demasiado ocupados en cuidar su aspecto.

Peter llamó a la puerta educadamente. El bosque estaba igual de silencioso que los niños. No se oía ni un solo ruido, excepto el de Campanilla, que los estaba observando desde una rama, riéndose descaradamente.

En ese momento, todos los niños estaban pensando lo mismo: ¿les abriría alguien la puerta? Si era una señora, ¿cómo sería?

La puerta se abrió y salió una señora. Era Wendy. Todos se apresuraron a quitarse el sombrero.

La señora puso cara de sorpresa, que era justo lo que esperaban que hiciera.

—¿Dónde estoy? —les preguntó.

Por supuesto, Slightly fue el primero que metió baza.

—Señora Wendy —dijo rápidamente—. Para ti hemos construido esta casa.

—Por favor, di que te gusta —le rogó Nibs.

—Qué preciosidad, qué maravilla de casa —dijo Wendy, y era justo lo que esperaban que dijera.

—Y nosotros somos tus hijos —exclamaron los gemelos.

Entonces todos se pusieron de rodillas y, abriendo los brazos, gritaron:

—Señora Wendy, sé nuestra madre.

—¿Creéis que podré? —dijo Wendy radiante—. Me parece verdaderamente fascinante, pero debéis tener en cuenta que aún soy pequeña. No tengo ninguna experiencia.

—Eso no importa —dijo Peter, como si fuera el único de los presentes que supiera algo del asunto, cuando en realidad era el que menos sabía de ello—. Lo que nos hace falta es una persona amable y maternal.

—¡Dios mío! —dijo Wendy—. Creo que es exactamente lo que soy.

—¡Sí, sí! —gritaron todos a la vez—. Nos hemos dado cuenta a la primera.

—Muy bien —dijo ella—. Haré lo que pueda. Entrad enseguida, niños malos. Seguro que tenéis los pies mojados. Y antes de meteros en la cama creo que tendré tiempo para terminar de contaros el cuento de la Cenicienta.

Fueron pasando de uno en uno. No sé cómo lograron entrar todos en un sitio tan pequeño; lo cierto es que en el País de Nunca Jamás pasan las cosas más insospechadas. Y aquélla fue la primera de las muchas tardes agradables que pasaron con Wendy. Al final de la velada acabó arropándolos en la cama enorme que tenían en la casa bajo los árboles, pero ella durmió aquella noche en la casita, y Peter se quedó de guardia fuera, con la espada desenvainada, pues se oía a los piratas alborotando a lo lejos y los lobos también andaban merodeando. En medio de la oscuridad, la casa tenía un aspecto seguro y acogedor, con luz tras las cortinas, la chimenea soltando humo y Peter encargado de custodiarla.

Al cabo de un tiempo se quedó dormido y un grupo de hadas que volvían a casa de una orgía, dando tumbos,

PETER DE GUARDIA

tuvieron que trepar por encima de él. Si las hadas se hubieran encontrado en mitad de su camino a cualquiera de los otros niños, le hubieran hecho alguna travesura, pero a Peter sólo le dieron un pellizco en la nariz y pasaron de largo.

CAPÍTULO 7
La guarida subterránea

Una de las primeras cosas que hizo Peter a la mañana siguiente fue tomar medidas a Wendy, a John y a Michael para los árboles huecos. Garfio, como recordaréis, se había reído de que los niños pensaran que les hacía falta un árbol por cabeza, pero esto era pura ignorancia, ya que si el árbol en cuestión no era del tamaño adecuado, resultaba difícil subir y bajar por él. Hay que tener en cuenta que cada niño era de un tamaño distinto. Una vez que se tenía elegido el árbol correcto, sólo había que llenarse los pulmones de aire para conseguir bajar a una buena velocidad, mientras que para subir había que aspirar y soltar el aire alternativamente, para ir ascendiendo poco a poco. Cuando se tiene dominada la técnica, estas cosas se hacen sin pensar, y entonces nada resulta tan agradable.

Pero es necesario que el tamaño sea el adecuado, por lo que Peter tomaba las medidas con el mismo cuidado que si fuera a hacer un traje; la única diferencia es que la ropa se hace de la talla del cuerpo, mientras que aquí se trata de adaptar el cuerpo al árbol. Normalmente resulta muy sencillo, pues consiste en ponerse prendas de más o de menos, pero si se tiene algún bulto en un lugar extraño o el único árbol disponible tiene una forma poco habitual, Peter hace una serie de cosas al niño en cuestión y consigue adaptarlo al árbol.

Una vez que se tiene la forma correcta, hay que tomar una serie de precauciones para conservarla. Esto, como Wendy descubriría entusiasmada, es lo que mantiene a una familia en perfectas condiciones.

Wendy y Michael se adaptaron a sus árboles a la primera, pero a John hubo que hacerle varios cambios.

Después de unos días de práctica, los hermanos ya subían y bajaban con la misma soltura que un cubo en un pozo. Y qué cariño acabaron tomándole a la guarida subterránea; sobre todo Wendy.

La casa era en realidad una sola habitación muy grande, que es como deberían ser todas las casas. Si se quería ir de pesca, no había más que cavar un agujero en el suelo, donde también crecían setas, de un color precioso, que servían de taburetes. Había un árbol Nunca Jamás que estaba empeñado en crecer en mitad de la habitación, pero todos los días por la mañana le serraban el tronco, dejándolo a la altura del suelo. A la hora del té siempre medía cerca de medio metro y entonces le ponían una puerta encima, convirtiéndolo en una mesa. Cuando terminaban de merendar volvían a cortar el tronco y así les quedaba más sitio para jugar. Tenían una chimenea gigantesca que se trasladaba al lugar de la habitación en que se quisiera encender un fuego. En esta chimenea Wendy colgó unas cuerdas hechas de fibra, para poder tender la ropa. Durante el día dejaban la cama apoyada en la pared, y la bajaban a las seis y media, ocupando prácticamente la habitación entera. Menos Michael, dormían en ella, como sardinas en lata, todos los niños de la casa. Había una norma estricta que prohibía darse la vuelta sin que se hubiera dado la señal, momento en el cual giraban todos a la vez. Michael debería haber dormido con los demás, pero Wendy quería tener un niño pequeño, y Michael era el menor, y ya sabéis cómo son las mujeres, con lo cual Michael dormía en un cesto que habían colgado del techo.

Todo era tosco y sencillo, no muy distinto de lo que debe de ser un cubil de oseznos en las mismas circunstancias. Pero había un hueco en la pared, del tamaño de una jaula de pájaros, que era el apartamento privado de Campanilla. Tenía una cortina para separarlo del resto de la casa y el hada, que era bastante maniática, siempre echaba la cortina al vestirse y desvestirse. No había mujer, fuera cual fuera su tamaño, que tuviera una combinación tan exquisita de vestidor y dormitorio. El diván, como ella lo llamaba, era un auténtico Reina Mab con postes, y el color de la colcha dependía del de la fruta de la temporada. El espejo era un Gato con Botas, de los que hoy en día se conservan sólo tres en buen estado, según afirman las hadas expertas en antigüedades. El lavabo era un Hojaldre reversible, la cómoda una auténtica Hechizo VI; la moqueta y las alfombras databan de la mejor época (la primera) de Margery y Robin. Había un candelabro que tenía todo el aspecto de ser un Pizpirigaña, aunque la iluminación de la estancia provenía de la propia inquilina. Campanilla despreciaba absolutamente el resto de la casa, lo cual quizá era inevitable; pero hay que decir que su aposento, aunque era hermoso, tenía un aspecto presuntuoso, como si estuviera siempre mirando por encima del hombro.

A Wendy todo aquello le debía de resultar verdaderamente cautivador, porque lo cierto es que esos diablillos suyos le daban muchísimo que hacer. Había semanas enteras en que, excepto cuando subía a coser algún calcetín a última hora de la tarde, no salía de casa en absoluto. La cocina, os lo aseguro, la tenía con la nariz pegada a la olla. Wendy y los niños se alimentaban principalmente de pastel de frutas asadas, boniatos, cocos, cerdo asado, mameyes, rollos de tapa y plátanos, y para bajarlo todo, zumo de *poe-poe* en calabazas. Lo que nunca se sabía era si la comida iba a ser de verdad o de mentira, pues dependía del humor de Peter. La cuestión era que Peter podía comer, es decir, comer en serio, si formaba parte de un juego, pero era incapaz de atiborrarse sólo para sentirse lleno, que es lo que más les gusta a casi todos los niños, además de hablar de comida. Peter se tomaba la fantasía tan en serio que durante una comida de mentira se lo veía hincharse. A la larga esto resultaba agotador, pero sólo había que seguirle la corriente, y si uno de los niños lograba demostrarle que el árbol se le estaba quedando grande, lo dejaba comer a dos carrillos.

Wendy prefería ponerse a coser y zurcir después de haberlos metido a todos en la cama. Entonces, como decía ella, tenía un momento de respiro para sí misma; y lo dedicaba a hacerles ropa nueva y a ponerles remiendos en las rodillas de los pantalones, que era donde más agujeros se hacían.

Cuando se sentaba con la cesta llena de calcetines, todos ellos con agujero en el talón, lanzaba los brazos al aire y exclamaba:

—Dios mío, a veces creo que envidio a las solteronas.

Y al decirlo, se le ponía la cara reluciente.

Recordaréis que Wendy tenía un lobezno favorito. Pues éste descubrió enseguida que Wendy había llegado a la isla y la buscó hasta encontrarla. Al verse, se echaron uno en brazos del otro y a partir de entonces el lobo empezó a seguirla a todas partes.

Pero, al ir pasando el tiempo, ¿se acordaba mucho de sus queridos padres a los que había abandonado? Ésta es una pregunta difícil, ya que es casi imposible explicar cómo pasa el tiempo en el País de Nunca Jamás, donde se calcula en lunas y soles, mucho más numerosos allí que en tierra firme. Pero me temo que Wendy no se preocupaba demasiado por su madre y su padre; estaba absolutamente convencida de que siempre iban a dejar la ventana abierta por si ella decidía volver volando un buen día, y esto la hacía sentirse muy tranquila. Lo que sí le preocupaba a veces era que John recordara a sus padres sólo vagamente, refiriéndose a ellos como personas que había conocido hace tiempo, mientras que Michael estaba dispuesto a creer que su verdadera madre era ella. Hay que reconocer que estas cosas la asustaban un poco; además, la nobleza de su carácter la empujaba a querer cumplir con su deber, por lo que procuraba imprimir el pasado en las mentes de sus hermanos poniéndoles exámenes parecidos a los que ella había hecho en el colegio. A los otros niños esto les parecía de lo más interesante, y se empeñaron en tomar parte. Se fabricaron unas pizarras con las que se sentaban en torno a la mesa, escribiendo y procurando responder a las preguntas que Wendy había escrito en otra pizarra que se iban pasando. Eran preguntas de lo más corrientes: «¿De qué color tenía nuestra madre los ojos? ¿Quién era más alto: nuestro padre o nuestra madre? ¿Nuestra madre tenía el pelo rubio o castaño? Contesta estas tres preguntas a ser posible». «A) Escribe una composición de un mínimo de cuarenta palabras sobre "Cómo pasé mis últimas vacaciones" o sobre "Los caracteres de nuestro padre y nuestra madre comparados". Sólo se debe escribir sobre uno de los dos temas, a elegir.» O también: «1) Describe la risa de nuestra madre; 2) Describe la risa de nuestro padre; 3) Describe el traje de noche de nuestra madre; 4) Describe la perrera y a su inquilina».

Se trataba de preguntas bastante normales, y si no se sabía la contestación, había que poner una cruz. Era realmente impresionante la cantidad de cruces que hacía John. Por supuesto, el único que contestaba a todas las preguntas era Slightly, y parecía que iba a ser el primero de la clase, pero sus respuestas eran tan ridículas que acabó siendo el último. Lo que son las cosas.

Peter no participaba en aquello. Por un lado, odiaba a todas las madres menos a Wendy y, por otro, era el único niño de la isla que no sabía escribir ni una palabra, por muy pequeña que fuera. Estaba muy por encima de esas cosas.

Por cierto, ya habréis visto que todas las preguntas estaban en pasado. «¿De qué color tenía nuestra madre los ojos?», y demás. Wendy, como veréis, también estaba empezando a olvidar.

Las aventuras, como ya veremos, ocurrían a diario. Más o menos por entonces fue cuando Peter inventó, con ayuda de Wendy, un juego que lo tenía completamente fascinado hasta que, repentinamente, se desinteresó por completo, que, como ya se os ha dicho, era lo que siempre le ocurría con los juegos. La diversión consistía en fingir que no había aventuras, en hacer las cosas que John y Michael habían hecho durante toda su vida: sentarse en un taburete, tirar balones por el aire, darse empujones, salir de casa y volver sin haber matado ni un solo oso. Ver a Peter sentado en un taburete sin hacer nada era algo que realmente merecía la pena; él no podía evitar poner una cara de lo más seria, porque lo de estar sentado sin moverse le parecía algo verdaderamente cómico. Para explicarlo decía pomposamente que había estado dando un paseo porque era bueno para la salud. Durante varios soles éstas fueron las únicas aventuras que le parecían entretenidas. John y Michael tenían que fingir que también se divertían muchísimo porque de lo contrario les hubiera echado un buen rapapolvo.

A Peter le gustaba mucho salir solo, y cuando volvía nunca se sabía con certeza si había tenido una aventura o no. Podía ocurrir que no hablara del asunto por haberlo olvidado y que, de repente, al salir fuera, se diera uno de bruces con un cadáver; y por otra parte, podía ser que hablara muchísimo de ello, pero no apareciera el cadáver por ninguna parte. A veces volvía a casa con la cabeza vendada, y entonces Wendy le hacía mimos y le bañaba la herida en agua templada mientras él contaba una historia apasionante. Pero lo cierto es que ella nunca se acababa de creer las cosas del todo. Sin embargo, había muchas aventuras auténticas que Wendy conocía por haber tomado parte en ellas; y había aún más aventuras auténticas sólo a medias, ya que los otros niños habían participado en ellas y aseguraban que eran auténticas del todo. Para describirlas todas sería necesario un libro igual de grande que un diccionario de latín, por lo que vamos a tener que conformarnos con ofrecer una de ellas como muestra de lo que era una hora normal en la isla. Lo difícil es tener que elegirla. ¿Y si contáramos el encontronazo con los pieles rojas en el barranco de Slightly? Fue un episodio sangriento y especialmente interesante, ya que pone de relieve una de las particularidades de Peter, que tenía la costumbre de cambiarse de bando en mitad de una pelea. Cuando estaban en el barranco y la victoria aún estaba sobre la balanza, inclinándose hacia un lado u otro según los momentos, Peter dijo, como el que no quiere la cosa:

—Hoy soy un piel roja; ¿y tú qué eres, Tootles?

Y Tootles contestó:

—Piel roja; ¿y tú qué eres, Nibs?

Y Nibs dijo:

—Piel roja; ¿y tú qué eres, Gemelo?

Y así sucesivamente; resultó que todos ellos eran pieles rojas. Esto hubiera hecho que se acabara la pelea allí mismo si los pieles rojas de verdad, que estaban fascinados con los métodos de Peter, no hubieran consentido en ser, por una sola vez y sin que sirviera de precedente, los niños perdidos. Por tanto, la lucha volvió a empezar con mucho más ardor que antes.

El sorprendente resultado de esta aventura fue..., pero aún no hemos decidido si ésta es la aventura que vamos a narrar. Quizá sería mejor la del ataque nocturno de los pieles rojas a la guarida subterránea, cuando varios de ellos se quedaron atascados en los árboles huecos y hubo que sacarlos como si fueran corchos. O podríamos contar cómo Peter salvó la vida a Tigridia en el lago de las sirenas, convirtiéndola en aliada suya.

O podríamos contar lo de la tarta que hicieron los piratas para que los niños murieran al comerla; y cómo la fueron colocando hábilmente en lugares estratégicos a los que Wendy siempre llegaba en el momento justo, impidiendo que sus niños se la comieran, con lo cual el pastel acabó perdiendo la suculencia y se puso más duro que una piedra, tan duro que decidieron usarlo como proyectil y Garfio acabó tropezándose con él en la oscuridad.

O también podríamos hablar de los pájaros amigos de Peter, sobre todo de la pájara Nunca Jamás, que tenía el nido encima de la laguna, y de cómo el nido cayó al agua, a pesar de lo cual la pájara siguió sentada encima de sus huevos, y de la orden que dio Peter de que no se la molestara. Ésta es una historia muy bonita, y al final se ve lo agradecido que puede ser un pájaro; pero si decidiéramos contarla tendríamos que contar toda la aventura de la laguna, y esto sería contar dos aventuras en vez de una. Una historia más corta, pero igual de emocionante, es la de cómo Campanilla, con ayuda de las hadas silvestres, intentó sacar de la isla a Wendy dormida sobre una enorme hoja flotante. Afortunadamente la hoja cedió, Wendy despertó y, creyendo que era la hora del baño, nadó hasta la orilla. O podríamos elegir el desafío de Peter a los leones, cuando se metió en un círculo que había dibujado con una flecha en el suelo y retó a los leones a cruzarlo; y aunque esperó durante horas, con Wendy y los niños observándolo nerviosos desde sus escondites en los árboles, ninguno de los leones se atrevió a aceptar el reto.

¿Cuál de estas aventuras hemos de elegir? Lo mejor será echarlo a cara o cruz.

Ha ganado la laguna, con lo cual a uno casi le entran ganas de que hubiera ganado el barranco o el pastel, o la hoja de Campanilla. Por supuesto, se podría repetir hasta que saliera la mejor de las tres. Sin embargo, probablemente lo más justo sea quedarse con la laguna.

CAPÍTULO 8
La laguna de las sirenas

Si cerráis los ojos y tenéis suerte, hay ocasiones en que veréis, en mitad de la oscuridad, una mancha de agua de colores pálidos y hermosos. En ese momento, si apretáis los párpados, la mancha empezará a tomar forma y los colores se volverán tan brillantes que os dará la sensación de que van a arder en llamas como sigáis arrugando los párpados. Pues justo antes de que esto ocurra es cuando aparece la laguna. Esto es lo más cerca que se consigue llegar estando en nuestro mundo, sólo este momento celestial; si lográramos que hubiera dos momentos seguidos, podríamos ver la orilla y oír cantar a las sirenas.

Los niños pasaban los largos días del verano en esta laguna, nadando o flotando la mayor parte del tiempo, jugando con las sirenas en el agua y demás. Pero esto no quiere decir que se llevaran bien con las sirenas, sino más bien todo lo contrario. Una de las mayores penas de Wendy era que, en todo el tiempo que pasó en la isla,

DÍAS DE VERANO EN LA LAGUNA

ninguna de ellas le dijo una palabra amable. Si uno se acercaba silenciosamente al borde de la laguna, se las veía por docenas, sobre todo en la Roca de los Desamparados, donde les gustaba tomar el sol y peinarse con un aire perezoso que a Wendy le parecía desesperante. Había veces en que incluso se acercaba nadando, de puntillas; en realidad, hasta quedarse a un metro de distancia de ellas, pero siempre la veían y se tiraban al agua, salpicándola, no por despiste, sino intencionadamente.

A los niños los trataban de la misma manera, exceptuando por supuesto a Peter, que pasaba horas charlando con ellas en la Roca de los Desamparados, y cuando veía que se estaban poniendo pesadas, se les sentaba encima de la cola. Fue Peter quien dio a Wendy uno de los peines de las sirenas.

El mejor momento para verlas es en una luna nueva, cuando lanzan gritos extraños y quejumbrosos; pero la laguna se vuelve peligrosa para los mortales en ese momento, y hasta que llegó la noche de la que vamos a hablar, Wendy nunca había visto la laguna a la luz de la luna, no por miedo, ya que Peter la hubiera acompañado, sino porque había establecido la norma de que todos estuvieran en la cama a las siete. Pero le gustaba mucho ir a la laguna los días en que hacía sol después de haber llovido, que es cuando suben muchísimas sirenas a jugar con sus burbujas. Usan las pompas de colorines que se forman en el agua irisada como si fueran pelotas y se las lanzan alegremente unas a otras con la cola, intentando mantenerlas dentro del arcoíris hasta que estallan. Las porterías están a los lados del arcoíris y a las guardametas sólo se les permite usar las manos. A veces hay cientos de sirenas jugando en la laguna a la vez, y es todo un espectáculo.

Pero en el momento en que los niños intentaban participar, acababan jugando solos, pues las sirenas desaparecían inmediatamente. No obstante, tenemos pruebas de que se quedaban mirando a los intrusos fijamente y que incluso aprovechaban alguna de sus ideas. John introdujo una forma nueva de dar a la burbuja con la cabeza en vez de con la mano, y las sirenas guardametas empezaron a utilizarla. Ésta es la única huella que ha dejado John en el País de Nunca Jamás.

También debía de ser bonito ver a los niños descansando sobre una roca durante media hora después de comer al mediodía. Wendy insistía en que lo hicieran, y tenían que descansar de verdad, aunque la comida hubiera sido de mentira. Ellos se tumbaban al sol con el cuerpo reluciente, mientras ella se sentaba a su lado haciéndose la mayor.

Todo ocurrió un día cualquiera, estando Wendy y los niños en la Roca de los Desamparados. La roca no era mucho mayor que su gran cama, pero estaban acostumbrados a no ocupar mucho espacio. Se habían quedado medio dormidos, o por lo menos tenían los ojos cerrados, ya que se daban pellizcos cuando creían que Wendy no los estaba mirando. Wendy estaba cosiendo con cara de concentración.

Mientras cosía, la laguna sufrió un gran cambio. La superficie empezó a erizarse, el sol desapareció y el agua se llenó de sombras oscuras que le daban un aspecto gélido. Había tan poca luz que Wendy no conseguía enhebrar la aguja y, al levantar la vista, la laguna, que hasta entonces había sido tan risueña, se había convertido en un lugar terrible e inhóspito.

Wendy sabía que no era la noche lo que había llegado, sino algo igual de oscuro. No, peor aún. Era algo que había enviado un temblor por el mar para avisar de su llegada. ¿Qué sería?

Wendy se acordó de todas las historias que le habían contado sobre la Roca de los Desamparados, cuyo nombre venía de los capitanes malvados que abandonaban a sus marineros en ella, dejándolos morir ahogados. Se ahogaban al subir la marea, pues entonces la roca queda sumergida.

Tendría que haber despertado a sus niños inmediatamente, no sólo por la presencia de un peligro desconocido, sino porque no es bueno dormir sobre una roca fría. Pero como era una madre joven, no lo sabía. Pensaba que lo mejor era respetar la norma de la media hora de siesta después de comer. Por tanto, a pesar del miedo y de que estaba deseando oír voces masculinas, no los despertó. Incluso cuando le dio un vuelco el corazón al oír el chapoteo apagado de unos remos, no los despertó. Se quedó de pie junto a ellos, esperando a que terminaran de descansar. ¿A que era muy valiente?

Afortunadamente para aquellos niños, había uno de ellos que olía el peligro incluso aunque estuviera durmiendo. Peter se levantó de un salto, con la rapidez de un perro, y despertó a los otros con un grito de alarma.

Se quedó muy quieto durante un instante, acercándose una mano al oído.

—¡Piratas! —exclamó.

Los demás se agruparon a su alrededor. Peter sonreía de una manera extraña y a Wendy le dio un escalofrío. Cuando lo veían sonreír así, ninguno de ellos se atrevía a hablarle; lo único que podían hacer era estar dispuestos a obedecerle.

La orden llegó tajante e incisiva.

—¡Al agua!

Se vio un barullo de piernas blancas y al instante la laguna quedó desierta. La Roca de los Desamparados se erguía sola entre las aguas tenebrosas, como si ella también estuviera desamparada.

El bote se fue acercando. Era el bote de los piratas, con tres personas dentro. Dos eran Smee y Starkey, y la tercera era una prisionera, ni más ni menos que Tigridia. Le habían atado las manos y los tobillos, lo cual era un signo claro de su destino. Iban a dejarla morir abandonada en la roca, un final peor para los de su raza que el fuego o la tortura. ¿Acaso no está escrito en el libro de la tribu que por el agua no hay sendero que lleve hacia los montes felices? Sin embargo, su rostro estaba impávido. Era la hija de un jefe y como tal debería morir. No se hable más.

La habían descubierto subiendo a bordo del barco pirata con un cuchillo en la boca. El barco no estaba vigilado, pues Garfio hacía alarde de que la sola mención de su nombre mantenía a los enemigos alejados en un kilómetro a la redonda. A partir de ahora, la suerte de

Tigridia también contribuiría a su leyenda. El viento llevaría consigo un lamento más aquella noche.

En medio de las tinieblas que habían traído consigo, los dos piratas no vieron la roca hasta darse de bruces con ella.

—¡Orza, so patán! —dijo una voz con acento irlandés que era la de Smee—. Aquí está la roca. Lo que tenemos que hacer es aupar a la piel roja y dejarla aquí para que se ahogue.

La brutal acción de dejar a la hermosa joven sobre la roca sólo les llevó un momento, puesto que ella era demasiado orgullosa para resistirse en vano.

Muy cerca de la roca, aunque no se las veía, se balanceaban dos cabezas: la de Peter y la de Wendy. Wendy estaba llorando, pues era la primera tragedia que veía en su vida. Peter había visto muchas tragedias, pero las había olvidado todas. Tigridia no le daba tanta pena como a Wendy, pero le indignaba que fueran dos contra una, y tenía la intención de salvarla. Lo más sencillo hubiera sido esperar a que se fueran los piratas, pero a Peter no le gustaban las soluciones fáciles.

No había casi nada que Peter no supiera hacer, y lo primero que hizo fue imitar la voz de Garfio.

—¡Escuchadme, so patanes! —gritó, imitando la voz maravillosamente.

—¡El capitán! —dijeron los piratas, mirándose atónitos.

—Será que viene nadando —dijo Starkey después de que lo buscaran por todas partes con la mirada.

—¡Estamos dejando a la piel roja en la roca! —dijo Smee.

—¡Soltadla! —fue la sorprendente respuesta.

—¿Que la soltemos?

—Sí, cortad las cuerdas y dejadla marchar.

—Pero, capitán...

—Ya me habéis oído —exclamó Peter—. No querréis que os clave el garfio...

—Esto es muy extraño —dijo Smee con la voz entrecortada.

—Será mejor que obedezcamos al capitán —dijo Starkey, nervioso.

—Sí, sí —dijo Smee, mientras cortaba las cuerdas que ataban a Tigridia.

Inmediatamente, como una anguila, la joven se deslizó al agua, pasando entre las piernas de Starkey.

Wendy estaba entusiasmada ante la astucia de Peter, pero sabía que él también debía de estarlo, y si le daba por cacarear lo echaría todo a perder, por lo cual adelantó una mano para taparle la boca. Pero la mano se quedó a medio camino, pues el grito de «¡Barco a la vista!» resonó por toda la laguna en la voz de Garfio, y esta vez Peter no había abierto la boca.

Quizá fuera cierto que Peter estaba a punto de cacarear, pero, en vez de ello, el rostro se le contrajo como si fuera a silbar sorprendido.

—¡Barco a la vista! —volvieron a escuchar.

Wendy lo comprendió por fin. El Garfio auténtico también estaba en la laguna.

Iba nadando hacia el bote y, como sus hombres sacaron una luz para guiarlo, tardó poco en llegar hasta ellos. A la luz de la llama, Wendy vio el garfio sobre el costado del bote; vio su rostro oscuro y maligno en el momento en que el pirata salía chorreando del agua. Se echó a temblar y lo que quería era irse nadando cuanto antes, pero a Peter no había quien lo moviera de allí. Estaba de lo más animado y satisfecho consigo mismo.

—¡Soy maravilloso! ¿Verdad que soy maravilloso? —susurró.

Aunque a Wendy le parecía que, efectivamente, lo era, se alegraba por el propio bien de Peter de que no lo hubiera oído nadie más que ella.

Él le hizo una seña de que prestara atención.

Los dos piratas estaban deseando saber el motivo por el que el capitán había ido a reunirse con ellos, pero Garfio se sentó con la cabeza apoyada sobre el garfio en una postura profundamente melancólica.

—Capitán, ¿va todo bien? —preguntaron tímidamente, pero les contestó con un quejido tenebroso.

—Ha suspirado —dijo Smee.

—Ha vuelto a suspirar —dijo Starkey.

—Y ha suspirado por tercera vez —dijo Smee.

—¿Qué ocurre, capitán?

Garfio rompió a hablar apasionadamente.

—Se acabó lo que se daba —exclamó—. Esos niños han encontrado una madre.

A pesar de lo asustada que estaba, Wendy se sintió muy orgullosa.

—Aciago día —dijo Starkey.

—¿Qué es una madre? —preguntó el ignorante Smee.

Wendy se quedó tan atónita que exclamó: «¡No lo sabe!», y a partir de ese momento pensó que si se pudiera tener un pirata en casa elegiría a Smee.

Peter hundió a Wendy en el agua, pues Garfio había dado un respingo, exclamando:

—¿Qué ha sido eso?

—Yo no he oído nada —dijo Starkey, levantando el farol para ver mejor.

Al mirar hacia el agua, los piratas vieron un curioso espectáculo. Era el nido del que os he hablado, flotando sobre la laguna con la pájara Nunca Jamás sentada en él.

—Mira —dijo Garfio, en respuesta a la pregunta de Smee—. Eso es una madre, toda una lección. El nido debe de haber caído al agua, pero ¿ha abandonado la madre sus huevos? Pues no.

En ese momento se le quebró la voz, como si acabara de acordarse de aquellos días inocentes..., aunque hizo un gesto con el garfio, como para quitarse de encima semejante flaqueza.

Smee, muy impresionado, miró fijamente a la pájara mientras el nido se deslizaba ante ellos, pero el suspicaz Starkey dijo:

—Si es una madre, quizá haya venido aquí para ayudar a Peter.

Garfio puso mala cara.

—Sí —dijo—. Me lo estaba temiendo.

Pero olvidó su decepción al oír la voz animosa de Smee.

—Capitán —dijo—. ¿No podemos raptar a la madre de los niños y convertirla en nuestra madre?

—Es una idea magistral —exclamó Garfio, terminando de redondear el plan en su astuta mente—. Atraparemos a los niños y los llevaremos al barco; a ellos los obligaremos a tirarse por la pasarela y Wendy se convertirá en nuestra madre.

Por segunda vez, Wendy volvió a olvidarse de sí misma.

—¡Jamás! —exclamó, sumergiéndose en el agua.

—¿Qué ha sido eso?

Pero no lograron ver nada. Pensaron que debía de ser una hoja seca.

—¿Estáis conmigo, mis valientes? —preguntó Garfio.

—Pongo la mano —dijeron los dos a la vez.

—Y yo pongo el garfio. Juremos.

Todos juraron. Ya estaban llegando a la roca y, de repente, Garfio se acordó de Tigridia.

—¿Dónde está la piel roja? —preguntó bruscamente.

Había veces en que tenía un gran sentido del humor y sus dos acompañantes pensaron que le habían entrado ganas de hacer bromas.

—Todo está en orden, capitán —contestó Smee muy complaciente—. La hemos soltado.

—¡Soltado! —gritó Garfio.

—Es la orden que nos habéis dado —tartamudeó el contramaestre.

—Nos dijisteis desde el otro lado de la laguna que la dejáramos marchar —dijo Starkey.

—¡Calaveras coronadas! —bramó Garfio—. ¿De qué demonios me estáis hablando?

La cara se le había puesto negra de la furia, pero, al darse cuenta de que sus hombres no mentían, se asustó.

—Muchachos —dijo temblando un poco—. Yo no he dado tal orden.

—Es de lo más extraño —dijo Smee.

Empezaron a ponerse nerviosos. Garfio alzó la voz, que todavía le temblaba un poco.

—Espíritu que visitáis la oscura laguna esta noche —exclamó—. ¿Me oís?

Como es lógico, Peter debería haber guardado silencio, pero, por supuesto, no lo hizo. Inmediatamente contestó con voz de Garfio:

—Por las barbas del corsario negro, os oigo.

En aquel momento supremo, Garfio no palideció, ni siquiera por debajo del cuello, pero Smee y Starkey se abrazaron, aterrorizados.

—¿Quién sois? Hablad, extraño —ordenó Garfio.

—Soy James Garfio —contestó la voz—, el capitán del *Jolly Roger*.

—No es verdad, no es verdad —exclamó Garfio, roncamente.

—Calaveras coronadas —replicó la voz—. Atreveos a repetirlo y os echaré el ancla encima.

Garfio intentó congraciarse con la voz.

—Si vos sois Garfio —dijo casi con humildad—, entonces, ¿quién soy yo?

—Un bacalao —contestó la voz—. Un simple bacalao.

—¡Un bacalao! —repitió Garfio con la mirada vacía.

Fue en ese momento, pero no antes, cuando se derrumbó. Vio a sus hombres apartándose de él.

—¡Todo este tiempo nos hemos dejado capitanear por un bacalao! —murmuraron—. Es una ofensa para nuestro orgullo.

Eran sus propios perros los que lo atacaban, pero a pesar de lo trágico de su situación, no les hizo ningún caso. Al verse en aquel terrible trance, no era la fe de sus hombres lo que necesitaba, sino su propia fe. Luchó por no perder la confianza en sí mismo.

—No me abandones, valiente —susurró con voz áspera.

Como les sucede a todos los grandes piratas, en su oscura naturaleza había algo femenino que a veces le hacía ser muy intuitivo. De repente, se le ocurrió jugar a las adivinanzas.

—Garfio —gritó—. ¿Tenéis otra voz?

Peter, que era incapaz de rechazar un juego, contestó ingenuamente en su propia voz:

—Sí.

—¿Y otro nombre?

—Sí.

—¿Vegetal? —preguntó Garfio.

—No.

—¿Mineral?

—No.

—¿Animal?

—Sí.

—¿Hombre?

—¡No! —contestó la voz con desprecio.

—¿Niño?

—Sí.

—¿Niño corriente?

—¡No!

—¿Niño maravilloso?

Para gran pesar de Wendy, la respuesta que sonó esta vez fue:

—Sí.

—¿Estáis en Inglaterra?

—No.

—¿Estáis aquí?

—Sí.

Garfio estaba completamente desconcertado.

—Seguid preguntando vosotros —dijo a sus hombres mientras se enjugaba el sudor de la frente.

Smee se puso a pensar.

—No se me ocurre nada —dijo con tristeza.

—No lo adivináis, no lo adivináis —cacareó Peter—. ¿Os rendís?

El orgullo de Peter lo estaba llevando demasiado lejos y los maleantes se dieron cuenta de que podían aprovecharse de ello.

—Sí, sí —contestaron ansiosamente.

—Bien —exclamó él—. Soy Peter Pan.

¡Pan!

En ese mismo instante, Garfio volvió a ser el de siempre, acompañado de Smee y Starkey, sus fieles secuaces.

—Ya es nuestro —gritó Garfio—. Al agua, Smee. Starkey, vigila el bote. Traédmelo, vivo o muerto.

Mientras decía esto iba dando grandes zancadas; simultáneamente se oyó la voz de Peter:

—¿Estáis listos, chicos?

—Sí, señor —dijeron varias voces desde diversos lugares.

—Atacad a los piratas entonces.

La lucha fue corta y feroz. El primero en herir al adversario fue John, que subió caballerosamente a bordo del bote y se encontró con Starkey. Hubo una lucha violenta en la que el pirata perdió el alfanje. Entonces se tiró por la borda y John saltó tras él, abandonando el bote a la deriva.

De vez en cuando se veía una cabeza flotando en el agua, después un resplandor de metal y enseguida un grito o un viva. En plena confusión hubo quien hirió a los de su propio bando. El sacacorchos de Smee alcanzó a Tootles en la cuarta costilla, pero a él a su vez lo hirió Curly. A cierta distancia de la roca, Starkey tenía acorralados a Slightly y a los gemelos.

¿Qué hacía Peter mientras tanto? Iba en busca de caza mayor.

Los niños eran todos muy valientes y no debemos culparlos por retroceder ante el capitán de los piratas. Su garra de hierro dejaba a su alrededor un círculo de agua mortecina de la que huían como peces despavoridos.

Pero había uno de ellos que no le temía. Uno de ellos estaba dispuesto a penetrar en el círculo.

Curiosamente, no fue en el agua donde se encontraron. Garfio iba a subir a la roca a darse un respiro y, en ese mismo momento, Peter estaba escalándola por el lado contrario. Ninguno de los dos sabía que tenía al otro tan cerca. Ambos estaban buscando dónde agarrarse cuando se encontraron con el brazo del otro; levantaron la cabeza sorprendidos; estaban casi cara a cara; y así fue como se encontraron.

Algunos de los más grandes héroes han confesado que, justo antes de luchar, notaban una sensación de tristeza. Si a Peter le hubiera ocurrido esto en aquel momento, os lo contaría. Al fin y al cabo, iba a enfrentarse con el único hombre a quien había temido Barbacoa. Sin embargo, Peter no notó ninguna tristeza, sólo tenía un sentimiento de alegría y rechinó los dientes de lo contento que estaba. Rápido como el pensamiento, agarró el cuchillo que llevaba Garfio en el cinturón y estaba a punto de clavárselo cuando se dio cuenta de que él estaba en un lugar más alto de la roca que su presa. Luchar así no hubiera sido justo. Ofreció la mano al pirata para ayudarlo a subir.

Fue entonces cuando Garfio lo mordió.

No fue el dolor sino la injusticia lo que desconcertó a Peter, dejándolo absolutamente indefenso. Se quedó mirando fijamente a Garfio, horrorizado. Todos los niños reaccionan así la primera vez que se los trata injustamente. Cuando un niño se nos acerca, a lo único que cree tener derecho es a la justicia. Si tratamos a un niño injustamente es posible que vuelva a tomarnos cariño, pero jamás volverá a ser el mismo. Nadie logra superar la primera injusticia, nadie, excepto Peter. A pesar de que le habían hecho muchas malas pasadas, siempre lo olvidaba. Creo que ésta era la verdadera diferencia entre él y los demás niños.

Éste era el motivo de que al tropezar con la injusticia de nuevo reaccionara como si fuera la primera vez; se quedó inmovilizado, estupefacto. Dos estocadas le dio la mano de hierro.

Unos minutos después, los demás niños vieron a Garfio en el agua, nadando velozmente hacia el barco. En su rostro siniestro ya no se veía ninguna traza de alegría, sólo un blanco terror, puesto que el cocodrilo lo seguía obstinadamente. En cualquier otra ocasión los niños se hubieran puesto a nadar a su lado, vitoreándolo, pero ahora estaban preocupados, ya que habían perdido a Peter y a Wendy. Estaban recorriendo la laguna entera, llamándolos por sus nombres. Lo que sí encontraron fue el bote y se montaron en él para volver a casa, gritando: «Peter, Wendy» por el camino, pero no les llegó ninguna respuesta más que las carcajadas burlonas de las sirenas.

—Habrán vuelto nadando o volando —concluyeron finalmente.

Confiaban tanto en Peter que no estaban demasiado preocupados.

Soltaron una risita traviesa al pensar en lo tarde que se iban a dormir aquella noche. ¡Y todo por culpa de Madre Wendy!

Al apagarse sus voces, la laguna se vio envuelta en un frío silencio y entonces se oyó un grito débil:

—¡Socorro, socorro!

Se veía a dos pequeñas figuras chocando contra la roca; la niña se había desmayado y estaba apoyada en el brazo del niño.

Haciendo un último esfuerzo, Peter la subió a la roca y se tumbó junto a ella. Justo antes de desmayarse él también, vio que la marea estaba subiendo. Sabía que tardarían poco en ahogarse, pero no podía más.

Mientras estaban allí tumbados, una sirena agarró a Wendy por los pies y empezó a arrastrarla suavemente hacia el agua. Peter, al notar que algo se movía junto a él, se despertó dando un respingo, justo a tiempo para agarrar a Wendy. Entonces se acordó de que iba a tener que decirle la verdad.

—Estamos en la roca, Wendy —dijo—, pero se va haciendo cada vez más pequeña. Pronto estará cubierta de agua.

Ella no acababa de comprenderlo.

—Vámonos —dijo bastante animada.

—Sí —dijo Peter, débilmente.

—¿Cómo vamos, Peter? ¿Nadando o volando?

Él se dio cuenta de que no le quedaba más remedio que decírselo.

—¿Crees que podrás ir nadando o volando hasta la isla sin mi ayuda, Wendy?

Ella confesó que estaba demasiado cansada.

Peter soltó un quejido.

—¿Qué te ocurre? —preguntó ella muy preocupada.

—No puedo ayudarte, Wendy, Garfio me ha herido. No puedo nadar ni volar.

—Entonces, ¿nos vamos a ahogar los dos?

—Mira cómo sube la marea.

Se taparon los ojos con las manos para no verlo. Empezaron a pensar en que pronto dejarían de existir. En ese momento algo raro rozó a Peter, algo tan ligero como un beso, y ese algo se quedó allí sin moverse, como diciendo: «¿Puedo ayudaros?».

Era la cola de una cometa que Michael había hecho unos días atrás. Se le había escapado de la mano y había huido por los aires.

—La cometa de Michael —dijo Peter sin poner ningún interés.

Pero al momento siguiente se abalanzó sobre la cuerda y empezó a tirar de ella.

—Si ha podido levantar a Michael del suelo —exclamó—, ¿por qué no va a poder contigo?

—¡Con los dos!

—Con dos no puede; Michael y Curly lo intentaron.

—Pues lo echamos a suertes —dijo ella valientemente.

—Ni hablar. Tú eres una dama.

Además, ya le había atado la cola de la cometa en torno al cuerpo. Wendy se agarró a Peter, negándose a marcharse sin él, pero Peter le dio un empujoncito diciendo: «Adiós, Wendy». A los pocos minutos la cometa y la niña se elevaron fuera de su vista.

Peter se había quedado completamente solo en la laguna.

La roca ya era muy pequeña. Pronto estaría sumergida. Sobre el agua empezaron a verse unos pálidos rayos de luz que avanzaban de puntillas; y al rato se oyó el sonido más musical y melancólico del mundo: el de las sirenas cantando a la luna.

Peter era diferente de los otros niños, pero esta vez tenía miedo. Notó un escalofrío por todo el cuerpo, como una onda en la superficie del mar, pero en el mar una onda sigue a la otra, hasta que se juntan cientos de ellas, mientras que Peter sintió una sola. Al instante se puso de pie en la roca, con su famosa sonrisa y notando los latidos de un tambor por dentro. Los latidos decían: «Morir va a ser una gran aventura».

"MORIR VA A SER UNA GRAN AVENTURA"

CAPÍTULO 9

La pájara Nunca Jamás

Los últimos sonidos que oyó Peter antes de quedarse completamente solo fueron los de las sirenas, retirándose una por una a sus alcobas bajo el mar. Estaba demasiado lejos para poder oír cómo cerraban sus puertas, pero en las cuevas coralinas donde viven las sirenas todas las puertas tienen una campanilla que suena al abrirlas o cerrarlas (igual que en las mejores casas de nuestro mundo), y lo que Peter oyó fue un lejano cascabeleo.

Las aguas habían ido subiendo silenciosamente hasta lamerle los pies y, para entretenerse hasta que se decidieran a engullirlo, Peter se puso a mirar hacia algo que se movía sobre la superficie de la laguna. Parecía un trozo de papel flotando, quizá una parte de la cometa, y pensó que aún tardaría bastante en llegar a la orilla.

Poco después cayó en la cuenta de que aquella cosa debía de estar en la laguna con algún propósito, puesto que estaba luchando contra la marea, ganando a veces. Al ver que había logrado vencer el empuje de las aguas,

Peter, que siempre se ponía del lado del más débil, no pudo evitar aplaudir a aquel trozo de papel tan valiente.

En realidad no era un trozo de papel. Era la pájara Nunca Jamás, que estaba haciendo grandes esfuerzos para llegar sobre su nido al lugar en el que estaba Peter. Desde que se le había caído el nido al agua había aprendido a usar las alas para navegar, y gobernaba su extraña nave con bastante habilidad, pero cuando Peter Pan la reconoció por fin, estaba absolutamente agotada. Había venido a salvarlo, a cederle su nido, a pesar de que había huevos dentro. Que hiciera esto era sorprendente, pues aunque Peter se había portado bien con ella, otras veces se había dedicado a atormentarla. La única explicación posible es que a la pájara le hubiera ocurrido lo mismo que a la señora Darling y a las demás señoras, que se hubiera enternecido al verlo sonreír con sus dientes de leche.

Ella le explicó a voces lo que pretendía y él le preguntó a voces qué hacía en la laguna, pero, por supuesto, ninguno de los dos logró entender el idioma del otro. En los cuentos fantásticos, las personas hablan con los pájaros tranquilamente, y me gustaría que éste fuera uno de esos cuentos para poder decir que Peter contestó al pájaro de una manera coherente. Pero es mejor decir la verdad, contar las cosas tal y como sucedieron. Lo cierto es que no sólo no lograban entenderse, sino que acabaron olvidándose de sus modales.

—Quiero... que... te... metas... en... el... nido —gritó la pájara, intentando hablar muy despacio y con claridad—

y... entonces... podrás... llegar... hasta... la... orilla, pero... estoy... tan... cansada... que... no... puedo... acercarme... más. Tienes... que... intentar... nadar... hasta... aquí.

—¿Por qué das tantos graznidos? —contestó Peter—. ¿Por qué no dejas que el nido flote tranquilamente?

—Quiero... que... te... —dijo la pájara, repitiendo lo mismo de antes.

Entonces Peter intentó hablar despacio y pronunciando claramente.

—¿Por... qué... das... tantos... graznidos? —Y todo lo demás.

La pájara empezó a enfadarse. Los pájaros Nunca Jamás tienen muy mal genio.

—Requetemajadero —chilló a Peter—. ¿Por qué no haces lo que te he dicho?

Peter se dio cuenta de que lo estaba insultando y contestó acaloradamente:

—¡Pues tú también!

Entonces, lo cual no deja de ser curioso, los dos soltaron la misma frase:

—¡Cierra el pico!

—¡Cierra el pico!

A pesar de todo, la pájara estaba empeñada en salvarlo y, haciendo un último esfuerzo, logró llevar el nido hasta la roca. Entonces salió volando hacia arriba, abandonando sus huevos, para que quedara claro lo que pretendía.

Peter lo comprendió por fin. Se abalanzó sobre el nido y levantó el brazo para dar las gracias a la pájara, que se había quedado revoloteando por encima de él. Sin embargo, no se había quedado suspendida en el aire para recibir alguna muestra de agradecimiento, ni tampoco para ver cómo se metía en el nido. Lo que quería era ver qué hacía Peter con los huevos.

Eran dos enormes huevos blancos. Peter los recogió y se quedó mirándolos pensativamente. La pájara se tapó los ojos con las alas para no ver el trágico fin de sus huevos, pero no pudo resistirlo y acabó mirando por entre las plumas.

No sé si os he contado que en la roca había una duela que habían clavado hace tiempo unos bucaneros para marcar el lugar donde habían enterrado su tesoro. Los niños habían descubierto aquel filón reluciente y cuando tenían el día travieso tiraban puñados de portugueses de oro, diamantes, perlas y reales de plata a las gaviotas, que se lanzaban sobre ellos creyendo que era comida y acababan alejándose indignadas ante el sucio truco que les habían hecho. La duela seguía en su sitio y Starkey había colgado en ella su sombrero de lona, que era picudo y de ala ancha. Peter metió los huevos en el sombrero y lo depositó sobre el agua. Flotaba maravillosamente bien.

La pájara vio lo que estaba haciendo y lanzó un grito de admiración. Peter, por desgracia, cacareó para decirle que a él también le parecía admirable. Después se metió en el nido, clavó la duela en él para que sirviera de mástil y colgó su camisa a modo de vela. En ese mismo momento la pájara bajó volando hasta el sombrero y volvió a instalarse cómodamente encima de sus huevos. Ella se alejó en una dirección y Peter en la otra, ambos dando gritos de júbilo.

Cuando Peter llegó a tierra, varó el navío en un lugar bien visible, pero el sombrero resultaba tan cómodo que la pájara decidió abandonar el nido, que con el tiempo acabó hecho trizas. Eran numerosas las ocasiones en que Starkey iba a la orilla de la laguna, y con amargura contemplaba a la pájara sentada encima de su sombrero. Puesto que no vamos a tener ocasión de verla más, quizá resulte interesante mencionar que hoy en día todas las pájaras Nunca Jamás construyen sus nidos así, con un reborde ancho en el que sus crías toman el aire.

Grande fue la alegría al llegar Peter a la guarida subterránea casi a la vez que Wendy, recién llegada de su paseo en cometa. Todos los niños tenían aventuras que contar, pero quizá la mejor de todas era la de irse a dormir varias horas después de lo habitual. Estaban tan orgullosos de ello que se les ocurrieron varias tretas para acostarse aún más tarde, como pedir que les vendaran las heridas; pero Wendy, a pesar de lo contenta que estaba de tenerlos a todos en casa sanos y salvos, estaba escandalizada de lo tarde que era, y exclamó: «A dormir, a dormir», en una voz que exigía obediencia. Al día siguiente, sin embargo, estaba muy cariñosa y les puso vendas a todos. Estuvieron jugando hasta la hora de dormir, cojeando y llevando un brazo en cabestrillo.

CAPÍTULO 10

El hogar feliz

Uno de los resultados más importantes de la escaramuza de la laguna fue que se hicieron amigos de los pieles rojas. Peter había salvado a Tigridia de una muerte horrible y a partir de entonces no había nada que ella y sus guerreros no fueran capaces de hacer por él. Pasaban todas las noches de guardia encima de la guarida subterránea, aguardando el gran ataque de los piratas que, evidentemente, tendría lugar pronto. Se quedaban incluso de día, fumando la pipa de la paz con la misma cara que pone un niño pequeño cuando espera que le den una golosina.

Llamaban a Peter el Gran Padre Blanco, postrándose ante él. A Peter le gustaba esto muchísimo, aunque dado su carácter no era precisamente lo que más le convenía.

—El Gran Padre Blanco —les decía con arrogancia mientras se arrastraban a sus pies— se alegra de ver a los guerreros piccaninny protegiendo su tienda de los piratas.

—Yo, Tigridia —contestaba aquella hermosa criatura—. Peter Pan salvar a mí, yo su gran amiga. Yo no dejar piratas hacer daño a Peter Pan.

Era demasiado hermosa para humillarse así, pero a Peter le parecía justo y se ponía en actitud condescendiente, diciendo:

—Bien. Peter Pan ha hablado.

Cuando decía «Peter Pan ha hablado», estaba dando a entender que quería silencio, cosa que los indios aceptaban humildemente, pero no eran, ni mucho menos, tan respetuosos con el resto de los niños, a quienes consideraban guerreros corrientes. Les decían: «¡Jau!», y cosas así, pero lo que más molestaba a los niños era que a Peter, aparentemente, le parecía bien.

Wendy, en el fondo, estaba de su parte, pero era una madre de familia demasiado fiel para escuchar quejas contra el padre.

—Haced caso a vuestro padre —decía siempre, independientemente de lo que opinara ella.

Lo que ella opinaba era que los pieles rojas no debían llamarla guerrera.

Y ya hemos llegado a lo que ellos bautizaron como la Gran Noche, por las aventuras que tuvieron lugar y por sus consecuencias. El día, como si estuviera tomando fuerzas para lo que se avecinaba, había sido muy tranquilo. Los pieles rojas estaban arriba, en sus puestos y envueltos en sus mantas, mientras que abajo los niños estaban cenando, es decir, todos menos Peter, que había salido a enterarse de la hora. En la isla, para enterarse de la hora, había que encontrar al cocodrilo y no alejarse mucho de él para poder oír las campanadas del reloj.

Daba la casualidad de que aquella noche la cena era de mentira. Estaban todos sentados alrededor de la mesa, zampando avariciosamente. La verdad es que entre la charla y las discusiones, el barullo, como decía Wendy, era absolutamente ensordecedor. Y no es que el ruido le importara mucho, pero lo que no estaba dispuesta a tolerar era que se comportaran maleducadamente en la mesa y que luego intentaran disculparse diciendo, por ejemplo, que Tootles les había empujado con el codo. Había una norma estricta según la cual no debían pegarse durante las comidas, sino que debían comunicar a Wendy el motivo de la trifulca levantando la mano y diciendo educadamente: «Tengo una queja». Lo malo era que casi siempre se olvidaban de hacerlo o lo hacían demasiado.

—¡Silencio! —gritó Wendy, después de haberles dicho unas veinte veces que no hablaran todos a la vez—. ¿Quieres más leche, Slightly, cielo?

—Aún me queda un poco, mamá —dijo Slightly, después de haber mirado dentro de un tazón de mentira.

—Si ni siquiera ha empezado a beberse la leche —intervino Nibs.

Eso era chivarse y Slightly no quiso perder la oportunidad.

—Me quejo de Nibs —exclamó inmediatamente.

Pero John había levantado la mano primero.

—¿Sí, John?

—¿Puedo sentarme en la silla de Peter, ahora que no está aquí?

—¡John! ¡Sentarte en la silla de Peter! —dijo Wendy escandalizada—. ¡Por supuesto que no!

—No es nuestro padre de verdad —contestó John—. Si ni siquiera sabía lo que hacen los padres hasta que yo se lo expliqué.

Eso era refunfuñar.

—Nos quejamos de John —exclamaron los gemelos.

Tootles levantó la mano. Como era con diferencia el más humilde de todos, el único humilde en realidad, Wendy lo trataba con más delicadeza que al resto.

—No me dejarás —dijo Tootles, tímidamente— hacer de padre, ¿verdad?

—No, Tootles.

Una vez que había arrancado no había manera de pararlo.

—Como no puedo hacer de padre —dijo con tristeza—, no me dejarás, Michael, hacer de niño pequeño, ¿verdad?

—No, ni hablar —dijo Michael en tono áspero desde su cesta.

—Como no puedo hacer de niño pequeño —dijo Tootles, cada vez más triste—, ¿me dejaríais hacer de gemelo?

—Pues, no —contestaron los gemelos—. Es muy difícil hacer de gemelo.

—Como no puedo hacer de nadie importante —dijo Tootles—, ¿me dejáis que os haga un truco?

—No —contestaron todos.

Aquí, por fin, se detuvo.

—Me lo imaginaba —dijo.

Y todos volvieron a empezar con las horribles acusaciones.

—Slightly está tosiendo en la mesa.

—Los gemelos se han comido los mameyes primero.

—Curly está comiendo rollitos y boniatos a la vez.

—Nibs está hablando con la boca llena.

—Me quejo de los gemelos.

—Me quejo de Curly.

—Me quejo de Nibs.

—¡Por Dios, por Dios! —exclamó Wendy—. A veces pienso que los niños dan más penas que alegrías.

Les dijo que recogieran la mesa y sacó la cesta de la costura. Le esperaba un montón de calzones con un agujero en cada rodilla, para variar.

—Wendy —se quejó Michael—. Soy demasiado mayor para dormir en la cuna.

—Alguien tiene que dormir en la cuna y tú eres el más pequeño —contestó ella con cierta aspereza—. Una cuna da un aspecto mucho más acogedor a la casa.

Mientras ella cosía, los niños jugaban a su alrededor, sus rostros alegres y sus ágiles piernas iluminadas por aquella enorme chimenea. Esta escena se había convertido en algo cotidiano para los habitantes de la guarida subterránea, pero nosotros la vemos por vez primera.

Se oyó un paso que venía de arriba y Wendy, os lo aseguro, fue la primera en reconocerlo.

—Niños, oigo los pasos de vuestro padre. Ya sabéis cómo le gusta que vayáis a la puerta a recibirlo.

Arriba, los pieles rojas se inclinaban ante Peter.

—Estad atentos, guerreros. Peter Pan ha hablado.

Y entonces, como siempre, los niños alegres fueron a sacarlo de su árbol. Como siempre, pero como nunca más.

A los niños les había traído nueces y a Wendy la hora exacta.

—Peter, los mimas demasiado —se quejó Wendy.

—Bueno, mujer —dijo Peter, quitándose la escopeta.

—Lo de que a las madres se las llama mujer se lo dije yo —susurró Michael a Curly.

—Me quejo de Michael —dijo Curly inmediatamente.

El primer gemelo se acercó a Peter.

—Padre, queremos bailar.

—Me parece bien —dijo Peter, que estaba de un humor excelente.

—Pero queremos que bailes tú.

Peter era el que mejor bailaba de todos, pero fingió escandalizarse.

—¿Yo? Me crujirían todos los huesos.

—Y mamá también.

—¿Cómo? —exclamó Wendy—. ¿Bailar yo? ¿Una madre de familia numerosa?

—Hoy es sábado —insinuó Slightly.

En realidad no era sábado, aunque podía haberlo sido, porque habían perdido la cuenta de los días; pero siempre que querían hacer algo especial, decían que era sábado y lo hacían.

—Es verdad que es sábado, Peter —dijo Wendy, ablandándose.

—Con la edad que tenemos, Wendy.

—Pero sólo nos va a ver nuestra propia progenie.

—Cierto, cierto.

Les dieron permiso, pues, para bailar, pero antes tenían que ir a ponerse el pijama.

—Ay, mujer —dijo Peter a Wendy al quedarse a solas, acercándose al fuego y mirándola mientras ella cosía un talón—. No hay nada mejor, después de un día de trabajo, que poder descansar junto al fuego y disfrutar de la compañía de nuestros pequeños.

—Resulta muy agradable, ¿verdad? —dijo Wendy, enormemente satisfecha—. Peter, creo que Curly ha sacado tu nariz.

—Pues Michael se parece a ti.

Wendy se acercó a él y le puso una mano en el hombro.

—Querido Peter —le dijo—, después de tantos hijos ya no soy la que era, pero no me cambiarías por otra, ¿verdad?

—No, Wendy.

Por supuesto que no quería cambiarla, pero la miró un poco incómodo, parpadeando como si no estuviera seguro de estar dormido o despierto.

—¿Qué ocurre, Peter?

—Nada, estaba pensando —dijo, un poco asustado—. Lo de que soy su padre es de mentira, ¿no?

—Claro —dijo Wendy muy digna.

—Es que —continuó Peter como disculpándose— ser su padre me haría sentirme muy viejo.

—Pero son nuestros, Peter, tuyos y míos.

—Pero no de verdad, Wendy —dijo con cierta ansiedad.

—No, si tú no quieres —contestó, oyéndolo suspirar claramente—. Peter, ¿qué es exactamente lo que sientes por mí? —le preguntó, intentando mantener la voz firme.

—El cariño de un hijo, Wendy.

—Eso creía yo —dijo ella, yendo a sentarse sola al otro extremo de la habitación.

—Qué rara eres —dijo Peter, francamente desconcertado—. Y Tigridia es igualita. Dice que quiere ser una cosa mía, pero no mi madre.

—Ya, ya me imagino —contestó Wendy, marcando mucho las palabras.

Ahora ya sabemos por qué los pieles rojas no le resultaban simpáticos.

—Dime qué te imaginas.

—Una señora no habla de estas cosas.

—Bueno, muy bien —dijo Peter, un poco picado—. Puede que Campanilla quiera decírmelo.

—Claro. Seguro que Campanilla te lo dice —replicó Wendy despectivamente—. Es una pobre criatura abandonada.

Al oírlo, Campanilla, que estaba escuchándolo todo desde su vestidor, soltó una grosería.

—Dice que se alegra de estar abandonada —tradujo Peter.

De repente, se le ocurrió una idea.

—¡Puede que Campanilla quiera ser mi madre!

—¡So zopenco! —exclamó Campanilla con vehemencia.

Wendy la había oído decirlo tantas veces que no le hacía falta que Peter se lo tradujera.

—Por una vez estoy bastante de acuerdo con ella —dijo Wendy, con cara de asco.

Qué raro hacía verla con ese gesto. Pero la verdad es que estaba muy cansada, aunque no podía ni imaginarse todo lo que iba a ocurrir aquella noche. Si se lo hubiera imaginado, no habría contestado tan airadamente.

Ninguno de ellos se lo imaginaba. Y casi era mejor. Su ignorancia les permitió disfrutar felizmente durante una hora más, y como se trataba de la última hora que iban a pasar en la isla, debemos alegrarnos de que tuviera sesenta gloriosos minutos. Los niños cantaron y bailaron en pijama. Era una canción deliciosamente siniestra, en la que fingían asustarse de sus propias sombras, sin saber que pronto caerían sobre ellos unas sombras verdaderas de las que intentarían huir aterrorizados. ¡Qué increíblemente alegre era aquel baile! ¡Cómo se zarandeaban unos a otros encima de la cama y por todas partes! La verdad es que sería más adecuado llamarlo una pelea de almohadas en vez de un baile y, al terminar, las almohadas insistieron en hacer una ronda más, como cuando se despide para siempre un grupo de amigos del alma. Cuántas historias contaron antes de que llegara la hora del cuento de Wendy. Incluso Slightly estuvo a punto de contar una historia aquella noche, pero el principio era tan aburrido que él mismo se horrorizó y dijo con desesperación:

—Sí, es un principio aburrido. Bueno, pues vamos a convertirlo en el final.

Y por fin acabaron metiéndose en la cama para escuchar el cuento de Wendy, el cuento que más les gustaba de todos, el cuento que Peter odiaba. Cuando Wendy empezaba a contarlo, él solía marcharse de la habitación o taparse los oídos con las manos. Posiblemente, si hubiera hecho cualquiera de las dos cosas, ahora aún estarían en la isla. Pero aquella noche, Peter se quedó sentado en su taburete. Y ahora veremos lo que ocurrió.

CAPÍTULO 11

El cuento de Wendy

¡Escuchad! —dijo Wendy, instalándose para contar su cuento, con Michael a sus pies y los siete niños en la cama—. Había una vez un caballero...

—Mejor que sea una señora —dijo Curly.

—A mí me gustaría más que fuera una rata blanca —dijo Nibs.

—¡Silencio! —les regañó su madre—. También había una señora, y...

—¡Mamá! —gritó el primer gemelo—. Entonces, seguro que hay una señora, ¿verdad? Y no está muerta, ¿verdad?

—No, no.

—Cuánto me alegro de que no esté muerta —dijo Tootles—. ¿Tú no te alegras, John?

—Claro que sí.

—¿Tú no te alegras, Nibs?

—Muchísimo.

—¿Vosotros no os alegráis, gemelos?

EL CUENTO DE WENDY

—Por supuesto.

—Niños, niños —suspiró Wendy.

—Estoy oyendo mucho ruido —dijo Peter, que quería hacer justicia a Wendy por muy horrible que le pareciera el cuento.

—El caballero —continuó Wendy— era el señor Darling y ella era la señora Darling.

—Yo los conocí —dijo John para hacer rabiar a los demás.

—Yo creo que los conocí —dijo Michael con poco convencimiento.

—Pues se casaron —explicó Wendy—. ¿Y qué diréis que tuvieron?

—Ratas blancas —exclamó Nibs en un momento de inspiración.

—No.

—Qué misterio —dijo Tootles, que se sabía el cuento de memoria.

—¡Cállate, Tootles! Tuvieron tres descendientes.

—¿Qué son descendientes?

—Pues... Tú eres descendiente, Gemelo.

—¿Has visto, John? Soy un descendiente.

—Un descendiente no es más que un niño —dijo John.

—¡Por Dios, por Dios! —suspiró Wendy—. Y estos tres niños tenían una fiel niñera llamada *Nana*, pero el señor Darling se enfadó con ella y la encadenó en el jardín y los niños se fueron volando.

—Es un cuento buenísimo —dijo Nibs.

—Se fueron volando —continuó Wendy— al País de Nunca Jamás, donde están los niños perdidos.

—Lo sabía —interrumpió Curly atropelladamente—. No sé cómo, pero lo sabía.

—¡Wendy! —exclamó Tootles—. ¿Uno de esos niños perdidos se llamaba Tootles?

—Sí.

—Salgo en un cuento. ¡Viva! Salgo en un cuento, Nibs.

—¡Callaos! Quiero que penséis en lo tristes que se debieron de poner los padres cuando todos sus hijos se marcharon volando.

—¡Ay! —gimotearon todos, aunque no estaban pensando en lo tristes que estarían los padres en absoluto.

—Pensad en las camas vacías...

—¡Ay!

—Es muy triste —dijo el primer gemelo alegremente.

—No creo que tenga un final feliz —dijo el segundo gemelo—. ¿Y tú, Nibs?

—Estoy deseando saber cómo acaba.

—Si supierais lo grande que es el amor de una madre —dijo Wendy, triunfalmente—, no tendríais miedo.

Había llegado a la parte que más horrorizaba a Peter.

—A mí sí me gusta el amor de una madre —dijo Tootles, pegando a Nibs con una almohada—. ¿A ti te gusta el amor de una madre, Nibs?

—Pues claro —dijo Nibs, devolviéndole el golpe.

—Bueno —dijo Wendy complaciente—. Pues nuestra heroína sabía que su madre iba a tener siempre la ventana abierta para que los niños pudieran volver a entrar. Y ellos estuvieron fuera durante muchos años y se divirtieron muchísimo.

—¿Volvieron alguna vez?

—Ahora —dijo Wendy, preparándose para la última parte— vamos a echar una ojeada al futuro.

Los niños cambiaron de postura para poder ver mejor el futuro.

—Han ido pasando los años y ¿quién será esa señora tan elegante que se está bajando del tren en la estación de Londres?

—Wendy, ¿quién es? —exclamó Nibs, como si no tuviera ni idea.

—Será... No será... ¡Sí! ¡Es la bella Wendy!

—¡Ah!

—¿Y quiénes son los dos nobles caballeros de elegante porte que la acompañan? ¿Serán John y Michael? Sí, son ellos.

—¡Ah!

—«¡Mirad, queridos hermanos!», dice Wendy, señalando hacia arriba: «La ventana sigue abierta. Y ahora vamos a recibir nuestra recompensa por haber confiado ciegamente en el amor de una madre». Y volaron hacia la ventana para reunirse con su madre y su padre, y no hay pluma capaz de describir el feliz momento sobre el que corremos el telón.

Ése era el final del cuento que gustaba tanto a los niños y a la bella narradora. Cada cosa en su lugar y un lugar para cada cosa. Nos marchamos tan contentos, portándonos como los seres más despiadados del mundo, que es lo que son los niños, a pesar de su atractivo, y nos lo pasamos estupendamente sin pensar en nadie más que en nosotros mismos. Pero cuando necesitamos ese cariño inigualable volvemos noblemente al hogar, convencidos de que seremos recibidos con un abrazo y no con un mamporro.

Y, efectivamente, su confianza en el amor de una madre era tan grande que podían permitirse el lujo de seguir portándose despiadadamente durante algún tiempo más.

Pero allí había uno que era más astuto que el resto y, al terminar Wendy, soltó un enorme gemido.

—¿Qué te ocurre, Peter? —exclamó ella corriendo a su lado, convencida de que estaba enfermo. Muy solícita, le palpó el pecho y el estómago, preguntando—: ¿dónde te duele?

—No es esa clase de dolor —dijo él con un tono sombrío.

—Entonces, ¿qué es?

—Wendy, te equivocas en lo de las madres.

Los niños se fueron acercando a él, muy asustados al verlo tan preocupado. Entonces, con un gran candor, Peter les contó lo que había ocultado hasta entonces.

—Hace tiempo —empezó— yo también creía que mi madre siempre me iba a dejar la ventana abierta, y estuve fuera durante muchísimas lunas, hasta que un buen día volví. Pero la ventana estaba cerrada porque mi madre se había olvidado de mí, y había otro niño durmiendo en mi cama.

No sabemos si esto era verdad o no, pero Peter estaba convencido de ello, y los niños se asustaron mucho.

—¿Estás seguro de que las madres son así?

—Sí.

Conque ésta era la verdad sobre las madres. ¡Vaya unas sabandijas!

Lo mejor es ser prudente. Un niño sabe perfectamente cuándo ha llegado el momento de rendirse.

—Wendy, vámonos a casa —exclamaron John y Michael a la vez.

—Sí —dijo ella, agarrándolos de la mano.

—¿Esta misma noche? —preguntaron los otros niños, desconcertados.

En el fondo del corazón o de lo que ellos consideraban su corazón, sabían que se puede vivir perfectamente sin una madre y que son ellas las que se empeñan en que no.

—Inmediatamente —dijo Wendy, absolutamente decidida, pues se le acababa de ocurrir una idea horrible: «Puede que madre esté casi de luto a estas alturas».

Este temor le hizo pasar por alto lo que pudiera estar pensando Peter, al que dijo con cierta brusquedad:

—Peter, ¿te importa encargarte de la organización del viaje?

—Si así lo deseas —contestó él igual de tranquilo que si le estuviera pasando el plato de nueces durante la comida.

¡Ni siquiera le había dicho que iba a echarle de menos! Pues si a ella no le importaba marcharse, Peter iba a demostrarle que a él le traía sin cuidado que se fuera.

Pero sí que le importaba, y mucho. Estaba tan lleno de ira contra los mayores que lo habían estropeado todo, como siempre, que nada más meterse en su árbol empezó a hacer respiraciones a una velocidad de unas cinco por segundo. El motivo de esto era que en el País de Nunca Jamás se dice que con cada respiración muere una persona mayor, y Peter, que tenía sed de venganza, las estaba matando lo más rápidamente que podía.

Entonces, después de dar a los pieles rojas las instrucciones necesarias, volvió a casa, donde una escena indigna había tenido lugar en su ausencia. Espantados ante la idea de perder a Wendy, los niños la habían rodeado profiriendo amenazas.

—Será mucho peor que antes de que llegara —exclamaron.

—No la dejaremos marchar.

—Hagámosla prisionera.

—Sí, encadenadla.

Viendo lo extremo de la situación, Wendy se volvió hacia Tootles instintivamente.

—¡Tootles! —exclamó—. Te suplico que me ayudes.

¿No os parece extraño? Pidió ayuda a Tootles, sin duda el más tonto.

Sin embargo, Tootles respondió magníficamente. Por una vez no quiso hacerse el gracioso y respondió con dignidad.

—No soy más que Tootles —dijo— y nadie me hace caso. Pero al primero que no se porte como es debido con Wendy le haré derramar sangre.

Sacó el puñal y aquel momento fue el más brillante de su vida.

Los demás se detuvieron, indecisos. Justo entonces volvió Peter, pero los niños se dieron cuenta inmediatamente de que más valía no esperar nada de él. No tenía ninguna intención de retener a una niña en el País de Nunca Jamás contra su voluntad.

—Wendy —dijo, dando grandes zancadas de un lado a otro de la habitación—. He pedido a los pieles rojas que te lleven por el bosque para evitar que te canses volando.

—Gracias, Peter.

—Después —continuó en el tono cortante del que está acostumbrado a que le obedezcan—, cruzarás el mar con Campanilla. Despiértala, Nibs.

Nibs tuvo que llamar dos veces antes de que Campanilla le contestara, aunque llevaba un buen rato sentada en la cama, escuchando.

—¿Quién eres? ¿Cómo te atreves? Vete —exclamó.

—Tienes que levantarte, Campanilla —dijo Nibs desde fuera—, para llevar a Wendy de viaje.

Campanilla se había quedado encantada de oír que Wendy se iba, pero eso no quería decir que estuviera dispuesta a ser su guía y lo dijo, en un lenguaje de lo más grosero. Después fingió que se había vuelto a quedar dormida.

—Dice que no quiere —exclamó Nibs, atónito ante semejante acto de rebeldía.

Peter, muy serio, se dirigió hacia el dormitorio de la jovencita.

—Campanilla —dijo con voz tajante—. Como no te levantes y te vistas, pienso correr las cortinas para que todos te vean en *negligé*.

Esto la hizo levantarse de un salto.

—¿Quién ha dicho que no me iba a levantar? —exclamó.

Mientras tanto, los niños estaban mirando con cara de desesperación a Wendy que, con John y Michael a su lado, ya estaba dispuesta para el viaje. Los niños cada vez estaban más tristes, no sólo por estar a punto de perderla, sino también porque les parecía injusto que se fuera a un sitio maravilloso y que ellos no estuvieran invitados. Como siempre, se sentían atraídos por la novedad.

Atribuyéndoles sentimientos más nobles, Wendy se enterneció.

—Queridos míos —dijo—, si venís todos conmigo, estoy casi segura de que mis padres estarán dispuestos a adoptaros.

La invitación iba dirigida principalmente a Peter, pero cada uno de los niños estaba pensando en sí mismo y se pusieron todos a dar saltos de alegría.

—¿Y no dirán que somos muchos? —preguntó Nibs en mitad del salto.

—No, no —dijo Wendy, pensando en los pormenores—. Podemos poner vuestras camas en la sala de estar, y se pueden tapar con biombos el primer jueves de cada mes.

—Peter, ¿podemos ir? —le suplicaron a gritos.

Daban por hecho que Peter iría si iban ellos, pero tampoco les importaba demasiado. Ante una novedad, los niños siempre están dispuestos a abandonar a sus seres más queridos.

—De acuerdo —dijo Peter, con una sonrisa amarga, e inmediatamente se fueron a preparar sus cosas.

—Y ahora, Peter —dijo Wendy, pensando que lo había arreglado todo—, antes del viaje te vas a tomar tu medicina.

A Wendy le entusiasmaba darles medicina e indudablemente les daba demasiada. Era sólo agua, por supuesto, pero estaba metida en una calabaza, y como la agitaba y contaba las gotas, recordaba bastante a una medicina. Pero en esta ocasión no dio a Peter su cucharada, porque nada más terminar de prepararla le vio la cara y se le cayó el alma a los pies.

—Prepara tus cosas, Peter —exclamó temblando.

—No —contestó él, fingiendo indiferencia—. No voy a ir contigo, Wendy.

—Sí, Peter.

—No.

Y para demostrar que le daba igual que se fuera, Peter se puso a dar saltitos por toda la habitación, tocando despiadadamente el caramillo. Wendy tuvo que ponerse a correr detrás de él, aunque fuera poco digno.

—Para encontrar a tu madre —dijo, intentando convencerlo.

Lo cierto era que, si Peter había tenido madre alguna vez, ya no la echaba de menos. Era algo de lo que podía prescindir perfectamente. Había pensado mucho en las madres y no se acordaba más que de las cosas malas.

—No, no —le dijo a Wendy, muy decidido—; puede que al verme diga que soy muy mayor, y yo lo único que quiero es ser pequeño y divertirme.

—Pero, Peter...

—No.

No quedaba más remedio que decírselo a los demás.

—Peter no viene.

—¡Que Peter no viene!

Se quedaron mirándolo, estupefactos, con sus hatillos al hombro. Lo primero que pensaron fue que, si no iba él, seguro que no los dejaba ir a ellos.

Pero Peter era demasiado orgulloso para prohibírselo.

—Si encontráis a vuestras madres —dijo malhumorado—, espero que os gusten.

El horrible cinismo de esta frase los dejó a todos desconcertados y la mayoría empezó a dudar. La verdad sea dicha, sus caras parecían decir: ¿no es un disparate marcharse?

—En fin —exclamó Peter—, nada de discursos ni lloriqueos; adiós, Wendy.

Y dicho esto le tendió la mano alegremente, como si tuviera algo importante que hacer y cuanto antes se marcharan mejor.

A Wendy no le quedó más remedio que darle la mano, porque Peter no parecía acordarse de lo del dedal.

—Y no vayas siempre con los mismos calzones de lana, Peter —le dijo, quedándose a su lado.

Era muy maniática con la ropa interior.

—No.

—Y tómate la medicina.

—Sí.

Parecía que eso era todo; se hizo un silencio incómodo, pero Peter era de los que siempre mantienen las apariencias.

—¿Estás lista, Campanilla? —dijo.

—Sí, señor.

—Pues ve abriendo camino.

Campanilla subió volando hasta el árbol más cercano, pero nadie la siguió, porque fue en ese momento cuando los piratas se decidieron por fin a atacar salvajemente a los pieles rojas. Arriba, donde había reinado un silencio absoluto, el aire se llenó de gritos y de ruidos de armas metálicas. Abajo se hizo un silencio sepulcral. Se habían quedado todos con la boca abierta. Wendy estaba de rodillas, con los brazos abiertos hacia Peter. Todos los brazos estaban extendidos hacia él, rogándole sin palabras que no los abandonara. En cuanto a Peter, se abalanzó sobre su espada, la misma con la que creía haber matado a Barbacoa; la sed de lucha se le veía en los ojos.

CAPÍTULO 12

El rapto de los niños

El ataque de los piratas había sido una sorpresa absoluta, lo cual era una prueba certera de que Garfio, que carecía de escrúpulos, lo había conducido de forma deshonesta, puesto que sorprender a los pieles rojas es prácticamente imposible para el hombre blanco.

Según las leyes orales de la guerra salvaje, siempre es el piel roja quien ataca y, con la astucia que caracteriza a los de su raza, lo hace justo antes del amanecer, momento en que sabe que la valentía de los blancos está en su punto más débil. La costumbre de los hombres blancos es hacer una tosca empalizada en la cima de un terreno ondulado al pie del cual corre un riachuelo, ya que estar demasiado lejos del agua significa la destrucción. Allí aguardan el ataque. Los inexpertos no sueltan sus revólveres y se delatan al pisar las ramas secas, pero los más viejos duermen tranquilamente hasta justo antes del amanecer. En la oscuridad de la larga noche, los expertos indios se deslizan por la hierba como serpientes, sin mover ni una brizna. La maleza se va cerrando a su paso tan silenciosamente como la arena en la que se acaba de meter un topo. No se oye ni un solo ruido, excepto cuando airean su maravillosa imitación del aullido solitario del coyote. Varios guerreros suelen contestar a este grito, y algunos lo hacen incluso mejor que los coyotes, a los que no se les da demasiado bien. Así van pasando estas horas de frío, y la espera interminable es una dura prueba para el rostro pálido que la vive por primera vez, pero para la mano experta los espantosos aullidos y los aún más espantosos silencios no son más que un indicio de la noche que se avecina.

Éste es el procedimiento habitual y no se puede alegar inocencia para explicar que Garfio no lo cumpliera, puesto que lo conocía perfectamente.

Los piccaninny, por su parte, confiaban absolutamente en el honor de Garfio, y su conducta durante aquella noche contrasta notablemente con la de los piratas. No dejaron sin hacer ninguno de los trucos con que la tribu se había ganado su bien merecida fama. Con esa sensibilidad que a la vez maravilla y desespera a las gentes civilizadas, sabían que los piratas estaban en la isla desde el momento en que uno de ellos pisó una rama seca; y en un espacio de tiempo increíblemente corto, empezaron a oírse los aullidos de coyote. Los guerreros indios, llevando los mocasines con el talón en la parte delantera del pie, examinaron cada centímetro del terreno comprendido entre la guarida subterránea y el lugar donde Garfio había desembarcado sus tropas. Sólo encontraron una colina pequeña que tuviera un riachuelo en la parte inferior, de forma que a Garfio no le quedaba elección; se instalaría allí y esperaría hasta justo antes del amanecer. Teniendo todos los detalles previstos con una astucia de lo más diabólica, la mayor parte de los pieles rojas se envolvieron en sus mantas y, con esa actitud flemática que ellos consideran la perla de la Humanidad, se agazaparon encima de la casa de los niños, aguardando el frío momento en que tuvieran que vérselas con la pálida muerte.

Y allí soñando, aunque bien despiertos, con las exquisitas torturas que iban a infligirle al romper el alba, los confiados salvajes fueron sorprendidos por el malvado Garfio.

Según lo que contaron después los exploradores indios que lograron escapar de la carnicería, parece ser que Garfio ni siquiera se detuvo en la loma, aunque no hay duda de que tuvo que verla bajo aquella luz pálida y gris. En ningún momento, desde el principio hasta el final, parece habérsele pasado por la cabeza la idea de esperar a que los piratas los atacaran. Ni siquiera aguardó a que hubiese transcurrido buena parte de la noche. La única política que siguieron fue la de caer sobre los indios. ¿Qué podían hacer los guerreros, maestros en todos los métodos de la guerra menos en éste? No les quedaba más remedio que correr tras Garfio, exponiéndose al peligro de que los vieran, mientras imitaban patéticamente el aullido del coyote.

Tigridia estaba rodeada de una docena de sus más fuertes guerreros, cuando vieron a los pérfidos piratas lanzarse sobre ellos. Cayó de sus ojos el velo a través del cual habían visto la victoria. Ya no volverían a torturar a nadie en la estaca. Ya sólo los aguardaba el viaje a los montes felices. Lo sabían, pero como buenos hijos de sus padres cumplieron con su deber. En ese momento aún tenían tiempo de formar una falange que hubiera sido difícil de romper de haberse levantado con rapidez, pero esto estaba prohibido por las tradiciones de su raza. Está escrito que el salvaje noble jamás debe expresar sorpresa en presencia del hombre blanco. De ahí que, por muy terrible que les pareciera la repentina aparición de los piratas, se quedaron quietos durante un instante, sin mover un músculo, como si el enemigo hubiera aparecido en respuesta a una invitación. Entonces, una vez cumplida la tradición, se abalanzaron sobre sus armas y el grito de guerra hendió el aire; pero ya era demasiado tarde.

No tenemos ninguna intención de describir lo que fue más bien una masacre en lugar de una lucha. Allí murieron muchos de los retoños de la tribu piccaninny. No todas sus muertes quedaron sin vengar, pues al mismo tiempo que Lobo Flaco cayó Alf Mason, quien ya no volvería a alborotar las costas del Caribe; y entre los que mordieron el polvo estaban Geo Scourie, Chas Turley y Foggerty, el alsaciano. Turley cayó bajo el hacha del terrible Pantera, que acabó abriéndose camino repartiendo tajos entre los piratas junto con Tigridia y los pocos que quedaban de la tribu.

Hasta qué punto hay que culpar a Garfio por la táctica que empleó en esta ocasión es una cuestión que compete al historiador. De haber esperado en la loma hasta que llegara la hora adecuada es probable que él y sus hombres hubieran sido las víctimas de una matanza sangrienta, y si se le quiere hacer justicia al juzgarlo, se debe tener esto en cuenta. Quizá hubiera sido más correcto informar a sus contrincantes de que había decidido utilizar otro método. Aunque esto hubiera anulado la sorpresa, inutilizando toda su estrategia.

En resumen, que el asunto es difícil de dilucidar. Pero uno no puede dejar de admirar con ciertas reservas el talento con que fue concebido un plan tan audaz, así como la cruel genialidad con que se llevó a cabo.

¿Cuáles serían los sentimientos del propio Garfio en un momento tan triunfal? De buena gana hubieran querido saberlo sus secuaces, que, mientras respiraban trabajosamente y limpiaban sus machetes, se reunieron todos a una cierta distancia de su gancho para poder escudriñar con sus ojos de hurón a un hombre tan extraordinario. Debía de tener el corazón rebosante de alegría, aunque su rostro no lo reflejaba: el eterno enigma oscuro y solitario se mantenía alejado de sus hombres tanto en cuerpo como en alma.

Pero aún no había terminado la labor de aquella noche, ya que su propósito no era destrozar a los pieles rojas; éstos eran sólo las abejas a las que había que ahumar para conseguir llegar a la miel. Era a Pan a quien buscaba; a Pan, a Wendy y a toda su banda; pero sobre todo a Pan.

Peter era un niño tan pequeño que resulta sorprendente el odio que le tenía aquel hombre. Es cierto que había lanzado el brazo de Garfio al cocodrilo; pero incluso esto y lo insegura que se había vuelto por momentos su vida, debido a la tenacidad del cocodrilo, no justifican una venganza tan implacable y cruel. Lo cierto es que Peter tenía algo que llevaba al capitán de los piratas al borde de la locura. No era su valentía, no era lo atractivo de su apariencia, no era... No hay que andarse por las ramas, pues sabemos muy bien de qué se trataba; será mejor decirlo. Lo que no aguantaba era la arrogancia de Peter.

Cada vez le ponía más nervioso; le había empezado a temblar el gancho de hierro, y de noche le incordiaba como un insecto. Mientras Peter estuviera vivo, aquel hombre se sentía igual de torturado que un león en cuya jaula hubiera entrado un gorrión.

El primer problema que había que resolver era el de bajar por los árboles o conseguir que bajaran sus hombres. Los fue mirando de arriba abajo ansiosamente, buscando con la mirada a los más delgados. Esto puso muy nerviosos a sus secuaces, pues sabían que, si lo consideraba necesario, los haría entrar aunque fuera a bastonazos.

Y mientras tanto, ¿qué les ha ocurrido a los niños? Los habíamos dejado con el primer chocar de las armas, convertidos en estatuas, con la boca abierta y los brazos extendidos hacia Peter en actitud de súplica, y ahora volvemos a ellos en el momento en que acaban de cerrar la boca y han bajado los brazos. El pandemonio de arriba ha cesado casi tan rápidamente como había empezado, pasando de largo como una fuerte ráfaga de viento; sin embargo, todos saben que al pasar ha determinado sus destinos.

¿Quién había ganado?

Los piratas, que estaban escuchando ávidamente por los huecos de los árboles, oyeron a todos los niños hacer la misma pregunta y, desgraciadamente, también oyeron la respuesta de Peter.

—Si han ganado a los piratas —dijo—, tocarán el tam-tam. Es la señal de su victoria.

Sucedió que Smee había encontrado el tam-tam y estaba en aquel momento sentado encima de él.

—Nunca volverás a oír el tam-tam —dijo entre dientes, aunque nadie lo oyó, porque se les había ordenado guardar silencio absoluto.

Smee se quedó atónito cuando Garfio le hizo señas de que se pusiera a tocar el tam-tam y lentamente fue comprendiendo la horrible maldad de aquella orden. Nunca en su vida había admirado tanto a Garfio aquel hombre tan simplón.

Smee tocó dos veces el tambor y se detuvo para escuchar, con aspecto de estar divirtiéndose mucho.

—El tam-tam —oyeron exclamar a Peter—. ¡La victoria es de los indios!

Los desgraciados niños contestaron con un grito de alegría que a aquellos negros corazones les sonó a música celestial, y enseguida volvieron a despedirse de Peter.

Esto sorprendió a los piratas, pero ante la idea de que sus enemigos iban a subir por los árboles, lo demás carecía de importancia. Se miraron sonrientes y se frotaron las manos. Garfio fue dando sus órdenes rápida y silenciosamente: un hombre a cada árbol y el resto en fila, a dos metros de distancia.

CAPÍTULO 13

¿Creéis en las hadas?

Cuanto antes acabemos de contar este horror, tanto mejor. El primero en surgir de su árbol fue Curly. Fue a parar directamente a los brazos de Ceceo, que lo lanzó por los aires a Smee, que lo lanzó a Starkey, que lo lanzó a Bill Jukes, que lo lanzó a Noodler y fue volando de uno en otro hasta caer a los pies del pirata negro. Los piratas fueron arrancando a todos los niños de sus árboles de este modo tan cruel, y varios de ellos coincidieron en el aire, como si fuesen paquetes de mercancías, yendo de mano en mano.

Wendy, que fue la última en salir, recibió un tratamiento distinto. Con muy buenos modales, el irónico Garfio se quitó el sombrero y le ofreció su brazo para acompañarla hasta el lugar en el que estaban amordazando a los demás. Lo hizo con un aire tan caballeresco y distinguido que Wendy se quedó demasiado fascinada para gritar. Al fin y al cabo, no era más que una niña pequeña.

"COMO SI FUESEN PAQUETES DE MERCANCÍAS"

Quizá sea una indiscreción divulgar que, por un momento, Garfio la había dejado cautivada, pero es conveniente decirlo, porque su desliz tuvo extrañas consecuencias. Si le hubiera soltado el brazo muy digna (cosa que nos hubiera encantado poder contar), la hubieran lanzado por el aire como a los demás, y entonces Garfio no hubiera estado presente mientras ataban a los niños; y si no hubiera estado presente mientras los ataban, no hubiera descubierto el secreto de Slightly, y sin saber el secreto no hubiera podido atentar vilmente contra la vida de Peter.

Los habían atado para que no pudieran escapar volando, y estaban casi en cuclillas, con las rodillas pegadas a las orejas; y para ello, el pirata negro había cortado una cuerda en nueve trozos iguales. Todo iba bien hasta que le llegó el turno a Slightly, que resultó ser como uno de esos paquetes desesperantes en los que hay que usar toda la cinta para envolverlos y al final no sobra nada para hacer el nudo. Los piratas, indignados, empezaron a darle patadas, igual que daríamos patadas al mencionado paquete (aunque lo justo sería dar patadas a la cinta); y, por extraño que parezca, fue Garfio quien les dijo que moderaran su violencia. Tenía la boca torcida en un gesto triunfal y malévolo. Mientras sus rufianes no hacían más que sudar, porque cada vez que intentaban atar al desdichado niño por un lado se inflaba por otro, la prodigiosa cabeza de Garfio había ido mucho más allá de la superficie de Slightly, buscando no los efectos, sino las causas; y su gesto triunfal era la prueba de que los había encontrado. Slightly, blanco como la leche, sabía que Garfio había descubierto su secreto, que era el siguiente: un niño tan hinchado no puede usar un árbol para el que un hombre de tamaño medio necesitaría que lo empujasen con un bastón. El pobre Slightly en aquel momento se sentía el niño más desgraciado del mundo; estaba asustadísimo por Peter y muy arrepentido de lo que había hecho. Tenía la costumbre de beber grandes cantidades de agua cuando hacía calor, y se había ido inflando hasta alcanzar el volumen presente y, en vez de reducir su tamaño para adaptarlo al árbol, había ido cortando el tronco por dentro para ajustarlo a sus medidas.

Garfio adivinó lo suficiente de todo esto como para convencerse de que Peter estaba por fin a su merced, pero no salió de sus labios ni una palabra sobre el oscuro designio que se estaba formando en las cavernas subterráneas de su mente; se limitó a hacer una seña para que llevaran a los prisioneros al barco y lo dejaran a solas.

¿Cómo se iban a llevar a los niños? Estaban tan bien atados que podían lanzarlos cuesta abajo como si fueran barriles, pero la mayor parte del camino era atravesando una marisma. De nuevo el genio de Garfio se sobrepuso a las dificultades. Les indicó que usaran la casa pequeña para transportarlos. Metieron a los niños dentro, de cualquier manera, y cuatro piratas fortachones la levantaron a hombros. El resto se pusieron detrás y, cantando la odiosa canción de los piratas, la extraña procesión echó a andar por el bosque. No sabemos si alguno de los niños iba llorando; de ser así la canción impedía oírlo, pero en el momento en que la casita desaparecía entre los árboles, soltó una pequeña bocanada de humo por la chimenea, como si estuviera desafiando a Garfio.

Garfio lo vio y fue lo peor que le podía haber sucedido a Peter, porque sirvió para secar la última gota de piedad que pudiera quedar en el duro corazón del pirata.

Lo primero que hizo al quedarse solo mientras oscurecía a toda velocidad fue acercarse de puntillas al árbol de Slightly, para asegurarse de que le serviría de entrada. Después de esto se puso a cavilar durante un buen rato, con el sombrero de mal agüero sobre el césped para que la suave brisa que se había levantado le refrescara la cabeza. Por oscuros que fueran sus pensamientos, tenía los ojos del suave azul de la vincapervinca. Escuchaba atentamente para captar cualquier ruido que pudiera venir del mundo subterráneo, pero, tanto abajo como arriba, todo estaba en silencio. La casa bajo tierra parecía una simple casa deshabitada en mitad del vacío. ¿Se habría dormido el niño o estaría esperando al pie del árbol de Slightly con el puñal en la mano?

La única forma de averiguarlo era bajar. Garfio dejó caer la capa al suelo silenciosamente y, entonces, mordiéndose los labios hasta hacerse sangre, se metió en el árbol. Era un hombre valiente, pero tuvo que detenerse un momento a enjugarse la frente, que le goteaba como una vela. Entonces, sin hacer ruido, se dejó caer hacia lo desconocido.

Llegó sin novedad al pie del hueco y volvió a detenerse para recuperar el aliento. Al írsele acostumbrando los ojos a la penumbra, pudo ver con claridad los distintos objetos de la guarida subterránea; pero sus ojos ávidos sólo se posaron sobre una cosa, la que llevaba tanto tiempo buscando: la enorme cama. Dentro de la cama estaba Peter, profundamente dormido.

Ajeno a la tragedia que había tenido lugar arriba, Peter había seguido tocando el caramillo durante algún tiempo después de que se marcharan los niños, en un triste intento de demostrarse a sí mismo que le daba igual que se hubieran ido.

Después había decidido no tomar la medicina, para fastidiar a Wendy. Luego se había tumbado en la cama encima de la colcha, para que se enfadara aún más, puesto que ella siempre los había arropado bien, diciendo que a veces se queda uno frío en mitad de la noche. En ese momento estuvo a punto de echarse a llorar, pero se imaginó la indignación que le entraría a Wendy si se reía en vez de llorar, así que soltó una arrogante carcajada en mitad de la cual se quedó dormido.

A veces, aunque no muy a menudo, soñaba; y sus sueños eran más dolorosos que los de los otros chicos. Pasaba horas sin poder dejar de soñar, soltando gemidos dolorosos durante todo el tiempo. Creo que los sueños tenían que ver con el enigma de su existencia. En estos momentos, Wendy solía sacarlo de la cama y sentarlo en su regazo, tranquilizándolo de una manera que ella misma había inventado, y cuando se le iba pasando lo metía en la cama justo antes de que se despertara, para que no descubriera la humillación a la que lo había sometido.

Pero en esta ocasión se había dormido al instante y sin soñar. Un brazo le colgaba por encima del borde de la cama, tenía una pierna doblada y en la boca aún tenía la carcajada que había dejado a medias, mostrando sus perlas diminutas.

Así de indefenso lo encontró Garfio. El capitán se quedó en silencio al pie del árbol, mirando a su enemigo. ¿No se alojaría en su pecho ni el más leve atisbo de piedad? Aquel hombre no era absolutamente malvado. Le gustaban las flores (al menos eso me han dicho) y la música suave (él mismo tocaba aceptablemente el clavicordio); y hay que admitirlo con franqueza, la naturaleza idílica de la escena lo conmovió profundamente. Estuvo a punto de dejarse llevar por su parte buena y volver a subir, aunque de mala gana, por el árbol, pero hubo algo que se lo impidió.

Lo que le hizo quedarse fue la apariencia tan impertinente que tenía Peter al dormir. La boca abierta, el brazo colgando, la rodilla doblada: era la mismísima personificación de la arrogancia y esperemos que todas estas características jamás vuelvan a presentarse todas juntas ante unos ojos tan sensibles a semejante espectáculo. A Garfio se le endureció el corazón. Si su furia lo hubiera hecho estallar en mil pedazos, cada uno de ellos se hubiera lanzado sobre el niño dormido, haciendo caso omiso del incidente.

Aunque la luz de la única lámpara iluminaba tenuemente la cama, Garfio estaba a oscuras y, al dar con cautela el primer paso hacia delante, tropezó con un obstáculo: la puerta del árbol de Slightly. Esta puerta no llenaba el hueco del todo y Garfio había estado mirando por encima de ella. Al estirar un brazo para abrir el pestillo, se indignó al descubrir que estaba demasiado bajo, fuera del alcance de su mano. Su obsesión le hizo creer que se había acentuado cuanto había de insufrible en la cara y en la postura de Peter, y se puso a sacudir la puerta, golpeándola con el cuerpo. ¿Acaso esta vez tampoco iba a atrapar a su enemigo?

Pero ¿qué era aquello? El brillo rojo de sus ojos acababa de descubrir la medicina de Peter encima de un estante, al alcance de su mano. Se dio cuenta de lo que era inmediatamente, y pensó que por fin tenía a Pan en su poder.

Por si alguna vez lo capturaban vivo, Garfio siempre llevaba encima una droga mortal, mezclada por él mismo con los venenos de todos los anillos que habían caído en su poder. Los había hervido hasta obtener un líquido amarillo completamente desconocido por la ciencia y que era probablemente el veneno más virulento del mundo.

Vertió cinco gotas en el vaso de Peter. Le temblaba la mano, pero era de alegría más que de vergüenza. Mientras lo estaba haciendo procuró no mirar a Peter, pero no precisamente por miedo a que la piedad le hiciera perder el temple, sino para no desperdiciar ni una gota. Después se recreó mirando a su víctima durante un largo rato y se volvió, serpenteando hacia arriba con dificultad. Al llegar arriba y salir del árbol, parecía el mismísimo espíritu del mal saliendo de su agujero. Se caló el sombrero con donaire, se embozó en la capa, sujetándola con el brazo delante del pecho como para ocultarse de la noche, en la que no se veía nada más negro que él y, murmurando cosas extrañas, desapareció entre los árboles.

Peter siguió durmiendo. La luz vaciló y se apagó, dejando la habitación a oscuras, pero Peter siguió durmiendo. Debían de ser no menos de las diez según el cocodrilo, cuando se despertó y se sentó en la cama bruscamente, sin saber muy bien por qué. Se oían unos golpecitos muy suaves en la puerta de su árbol.

Muy suaves, pero en mitad de aquella quietud sonaban siniestros. Peter buscó a tientas su puñal hasta tenerlo agarrado con fuerza. Entonces habló:

—¿Quién es?

Durante un rato largo no hubo respuesta; luego volvieron los golpecitos.

—¿Quién eres?

No hubo respuesta.

Aquello se estaba poniendo emocionante y Peter estaba encantado. En dos zancadas llegó a la puerta. A diferencia de la de Slightly, la puerta de Peter encajaba en su hueco correspondiente, con lo cual él no podía ver quién había al otro lado y la persona que llamaba no podía verlo a él.

—No pienso abrir a no ser que hables —exclamó Peter.

El visitante se decidió por fin. La voz era muy hermosa y recordaba a una campana.

—Ábreme, Peter.

Era Campanilla, y Peter descorrió rápidamente el pestillo para que pudiera pasar. Entró volando muy nerviosa, con la cara roja y el vestido manchado de barro.

—¿Qué ocurre?

—No lo adivinarías en tu vida —exclamó ella, ofreciéndole tres oportunidades para averiguarlo.

—¡Suéltalo de una vez! —gritó Peter.

Y en una frase gramaticalmente incorrecta y tan larga como las ristras de pañuelos que se sacan los prestidigitadores de la boca, Campanilla le contó el rapto de Wendy y los niños.

A Peter le daba saltos el corazón mientras escuchaba. Wendy, atada en el barco de los piratas. ¡Con lo que le gustaba que todo estuviera dentro de un orden!

—Voy a rescatarla —exclamó, abalanzándose sobre sus armas.

Entonces pensó en lo que podía hacer para agradarla. Podía tomarse su medicina.

Su mano se cerró en torno a la pócima mortal.

—¡No! —chilló Campanilla, que había oído a Garfio murmurando sobre su hazaña mientras cruzaba el bosque a toda velocidad.

—¿Por qué no?

—Está envenenada.

—¿Envenenada? ¿Quién iba a envenenarla?

—Garfio.

—No seas tonta. ¿Y cómo iba a conseguir Garfio entrar aquí?

Desgraciadamente, Campanilla no supo explicarlo, ya que tampoco estaba enterada del oscuro secreto del árbol de Slightly. Sin embargo, las palabras de Garfio no dejaban lugar a dudas. El vaso estaba envenenado.

—Además —dijo Peter, creyendo que era verdad—, yo no me he dormido en ningún momento.

Levantó el vaso. Sobraban las palabras; había que actuar; y con uno de sus movimientos relámpago, Campanilla se metió entre sus labios y el brebaje, tomándose hasta la última gota.

—Campanilla, ¿cómo te atreves a beberte mi medicina?

Pero ella no le contestó. Había empezado a tambalearse en el aire.

—¿Qué te ocurre? —exclamó Peter, asustándose de repente.

—Estaba envenenada, Peter —le dijo con suavidad—; y me voy a morir.

—Campanilla, ¿te la has bebido para salvarme?

—Sí.

—Pero ¿por qué?

Sus alas no podían con ella, pero respondió a Peter posándose sobre su hombro y dándole un mordisco cariñoso en la barbilla. Le dijo al oído: «So zopenco», y se fue hacia su habitación, tambaleándose, y se tumbó en la cama.

Peter se arrodilló angustiado junto a Campanilla, y su cabeza casi llenaba la cuarta pared de la habitación del hada. La luz de Campanilla cada vez se hacía más débil y Peter sabía que cuando se apagara dejaría de existir. A ella le gustaban tanto las lágrimas de Peter, que extendió su precioso dedo para que resbalasen sobre él.

Hablaba tan bajito que, al principio, Peter no entendía nada. Pero logró descifrarlo. Campanilla le estaba diciendo que creía poder curarse si los niños creían en las hadas.

Peter extendió los brazos. Ninguno de los niños estaba en casa y era de noche, pero se dirigió a todos los que pudieran estar soñando con el País de Nunca Jamás, que estaban más cerca de él de lo que podamos pensar: a los niños y las niñas que estaban en pijama y a los indios pequeñajos que dormían desnudos en cestas colgadas de los árboles.

—¿Creéis en las hadas? —exclamó.

Campanilla se sentó en la cama lo más deprisa que pudo, atenta a su destino. Le había parecido oír respuestas afirmativas, pero no estaba segura.

—¿Tú qué crees? —preguntó a Peter.

—Si creéis en las hadas —les gritó él—, dad palmadas. No dejéis que Campanilla se muera.

Muchos dieron palmadas.

Otros no.

Algunos animalillos sisearon.

Las palmadas se detuvieron de repente, como si miles de madres hubieran entrado en los cuartos de sus hijos para ver qué demonios les ocurría. Pero Campanilla ya estaba a salvo. Primero recuperó la voz, luego se bajó de la cama de un salto y después se puso a revolotear por la habitación, más feliz y descarada que nunca. No se le pasó por la cabeza dar las gracias a los que habían aplaudido, pero le hubiera gustado mucho echar mano a los que habían silbado.

—Y ahora, a rescatar a Wendy.

La luna cabalgaba por los cielos encapotados cuando Peter salió de su árbol llevando encima sus armas y poca cosa más, dispuesto a lanzarse a su peligrosa misión. No era precisamente la noche que él hubiera elegido. Tenía pensado ir volando a ras del suelo para que no se le escapara nada extraño, pero, con aquella luz tan irregular, volar bajo implicaría ir arrastrando su sombra entre los árboles, molestando a los pájaros y avisando a sus atentos enemigos de que había salido.

En aquel momento se arrepintió de haber dado a los pájaros de la isla unos nombres tan raros, porque se habían vuelto muy salvajes y era difícil acercarse a ellos.

No quedaba más remedio que avanzar al estilo de los pieles rojas, cosa que se le daba muy bien, afortunadamente. Pero ¿hacia dónde? No estaba seguro de que hubieran llevado a los niños al barco. Una ligera nevada había eliminado todas las pisadas y en la isla reinaba una quietud mortal, como si la naturaleza quisiera guardar silencio para expresar su horror ante la reciente carnicería. Peter había enseñado a los niños algo del saber de los bosques, que él a su vez había aprendido de Tigridia y de Campanilla, y contaba con que en un momento de apuro fueran capaces de recordarlo. Seguro que Slightly, en cuanto tuviera oportunidad, haría señales en los árboles, por ejemplo; Curly iría dejando caer semillas, y Wendy dejaría su pañuelo en algún lugar significativo. Pero para buscar semejantes pistas había que esperar a la luz del día, y Peter no tenía tiempo que perder. El mundo de la superficie le había mandado llamar, pese a no prestarse a colaborar.

El cocodrilo le pasó de largo, pero no vio ni un solo ser vivo ni oyó un solo ruido ni observó un solo movimiento, aunque sabía bien que la muerte podía sorprenderlo en el siguiente árbol o darle caza por detrás.

Entonces hizo un terrible juramento:

—Esta vez, o Garfio o yo.

En ese momento iba reptando por el suelo como una serpiente; al rato, ya de pie, cruzó velozmente un claro en el que jugaba la luz de la luna, un dedo sobre los labios y el puñal a punto. Era enormemente feliz.

CAPÍTULO 14

El barco de los piratas

Una luz verde que parpadeaba sobre la Cala de Kidd, cerca de la desembocadura del río de los piratas, señalaba el lugar donde estaba fondeado el bergantín, el *Jolly Roger*, muy hundido en las aguas. Era un barco de aspecto siniestro, sucio hasta el casco, con los baos en un estado tan lamentable que parecían plumas pisoteadas. Era el caníbal de los mares y en realidad no necesitaba vigía, pues navegaba inmune gracias al horror que causaba su nombre.

Estaba envuelto en el manto de la noche, protegido y aislado de la costa. En cualquier caso, en aquel momento se respiraba una gran tranquilidad a bordo, aunque se oía el agradable zumbido de la máquina de coser de Smee, siempre tan servicial y dispuesto, la quintaesencia de lo cotidiano, el patético Smee. No sé muy bien por qué resultaba tan absolutamente patético, quizá porque era patéticamente inconsciente de ello; pero hasta los hombres más duros tenían que apartar rápidamente la mirada al verlo. En las largas tardes del verano, Smee había llegado a tocar la fibra sensible del capitán Garfio, haciendo que se le saltaran las lágrimas. De esto, como de casi todo, Smee era absolutamente inconsciente.

Varios de los piratas estaban apoyados sobre la borda bebiendo, rodeados del miasma de la noche; otros, despatarrados entre los barriles, jugaban a los dados y a las cartas; y los cuatro hombres que habían cargado con la casita estaban tumbados sobre la cubierta, exhaustos; pero aun dormidos rodaban hábilmente hacia uno u otro lado para apartarse de Garfio, no fuera a ser que, por pura costumbre, les clavara el garfio al pasar.

Garfio estaba paseando por la cubierta, pensativo. ¡Qué hombre tan insondable! Por fin había llegado su hora triunfal, ya que había conseguido quitarse a Peter de en medio para siempre y el resto de los niños estaban encerrados en la bodega del barco, listos para que los lanzaran por la borda de un momento a otro. Era la más cruel de sus hazañas desde el día en que había torturado a Barbacoa; y sabiendo como sabemos que un hombre no es más que un tabernáculo vacío, ¿puede sorprendernos que se dedicara a pasear por cubierta henchido de los vientos de la victoria?

Pero su paso, sincronizado con el funcionamiento de su oscura mente, no era precisamente el de una persona alegre. Garfio estaba muy triste.

Esto le ocurría a menudo cuando estaba a bordo en el silencio de la noche, y era porque se sentía tremendamente solo. Este hombre impenetrable nunca se sentía tan solo como cuando estaba rodeado de sus secuaces. ¡Eran tan inferiores socialmente!

Garfio no era su verdadero apellido. Si reveláramos su identidad, incluso hoy en día, escandalizaríamos a todo el país. Pero como ya se habrán imaginado quienes saben leer entre líneas, había ido a una buena universidad privada y aún tenía un gran apego a las tradiciones. Por ejemplo, le seguía pareciendo una falta de respeto subir a un barco llevando la misma ropa con que lo habían capturado, y aún conservaba en su forma de andar el estudiado abandono característico de su colegio. Pero su máxima obsesión eran los buenos modales.

¡La educación! Por muy bajo que hubiese caído, seguía convencido de que es lo único realmente importante.

En aquel momento, desde lo más profundo de su ser le llegó un chirrido como el de una puerta antigua y oxidada, de cuyo interior salía el ruido de unos golpes constantes, como los martillazos que oímos de noche cuando no podemos dormir.

—¿Te has portado con educación hoy? —le preguntaban insistentemente aquellos golpes.

—La fama, la fama, esa pompa dorada ya es mía —exclamaba él.

—¿Te parece de buena educación destacar por destacar? —le preguntaba el martilleo insistente de la puerta de la universidad.

—Soy el único hombre a quien temió Barbacoa —decía con vehemencia— y hasta el mismísimo Flint temía a Barbacoa.

—Barbacoa, Flint... ¿en qué fraternidad estaban? —respondía la voz en tono cortante.

Entonces le vino a la cabeza la pregunta más preocupante de todas: ¿no era síntoma de mala educación hablar de la buena educación?

Este problema lo torturaba desde lo más hondo de su ser. Era como llevar dentro una garra aún más afilada que su garfio de hierro; y al clavársele en las entrañas le caía el sudor por su rostro cetrino, manchándole el jubón. Aunque se pasaba la manga por la cara frecuentemente, no había manera de detener el maldito goteo.

Ay, no envidiéis a Garfio.

Para colmo, en mitad de sus cavilaciones tuvo un presentimiento de un próximo fin. Era como si el terrible juramento de Peter ya los hubiera abordado. Sintió el lóbrego deseo de decir sus últimas palabras, ahora que aún tenía tiempo.

—Más le hubiera valido a Garfio no tener tanta ambición —exclamó.

Sólo en sus peores momentos hablaba de sí mismo en tercera persona.

—Los niños pequeños no me quieren.

Era extraño oírle hablar de aquello, que jamás le había preocupado hasta entonces. Quizá fuera el ruido de la máquina de coser lo que le había hecho sacar el tema. Se puso a murmurar por lo bajo mientras contemplaba a Smee, que estaba cosiendo un dobladillo tan contento, convencido de que los niños le tenían miedo.

¡Miedo! ¡Miedo de Smee! Si todos los niños que había a bordo aquella noche ya lo querían muchísimo. Les había dicho cosas horribles y les había pegado con la palma de la mano porque era incapaz de dar puñetazos, pero los niños cada vez confiaban más en él. Michael incluso se había probado sus gafas.

¡Decir al pobre Smee que los niños lo encontraban encantador! Estaba deseando hacerlo, pero le parecía demasiado cruel. En vez de ello, decidió buscar una solución a aquel misterio: ¿por qué les parece encantador Smee? Investigó la cuestión como el excelente sabueso que era. Si Smee era encantador, ¿qué tenía para serlo? De repente se le ocurrió una respuesta terrible: ¿buena educación?

¿Sería que su contramaestre era educado sin darse cuenta, que es la mejor forma de serlo?

Recordó que para entrar en el Club hay que demostrar que uno es educado sin saberlo.

Dio un grito de furia y alzó el puño de hierro sobre la cabeza de Smee, pero no se la arrancó. Lo que lo detuvo fue esta reflexión:

—¿Qué es alguien que da un zarpazo a un hombre por ser bien educado?

—¡Un maleducado!

El desdichado Garfio, abatido y sudoroso, se dejó caer como una flor tronchada.

Sus marinos pensaron que se lo habían quitado de encima durante un tiempo y relajaron inmediatamente la disciplina. Se pusieron todos a bailar una danza bacanal que le hizo ponerse en pie de un salto. Cualquier rastro de debilidad había desaparecido por completo, como si le hubieran echado un cubo de agua por encima.

—¡Silencio, bellacos —exclamó—, si no queréis que os clave el ancla!

El alboroto se acabó al instante.

—¿Están bien encadenados los niños para que no puedan salir volando?

—Sí, señor.

—Pues traédmelos.

Sacaron a los pobres prisioneros de la bodega, menos a Wendy, y los colocaron en fila delante del capitán. Durante un rato, Garfio pareció no darse cuenta de su presencia. Se tumbó cómodamente, canturreando fragmentos de una canción muy grosera, aunque sin desafinar, y manoseando una baraja de cartas. De vez en cuando la luz de su cigarro le coloreaba un poco el rostro.

—Oídme, valientes —dijo, hablando con rapidez—. Seis de vosotros vais a caminar por la tabla esta noche, pero tengo sitio para dos grumetes. ¿Quiénes de vosotros quieren serlo?

«Procurad no enfadarle innecesariamente», les había aconsejado Wendy en la bodega, por lo que Tootles dio un paso al frente con educación. Le horrorizaba la idea de ponerse bajo las órdenes de un hombre semejante, pero por instinto sabía que daba muy buen resultado cargar con la responsabilidad a una persona ausente; y aunque era un poco tonto, sabía que las madres siempre están dispuestas a servir de parachoques. Todos los niños lo saben y desprecian a las madres por ello, pero lo utilizan a todas horas.

Así que Tootles explicó prudentemente:

—Verá, señor, no creo que a mi madre le gustara que yo fuera pirata. ¿A tu madre le gustaría que fueras pirata, Slightly?

Guiñó un ojo a Slightly, que dijo en tono de desconsuelo:

—No creo —como si él no estuviera muy de acuerdo—. ¿A tu madre le gustaría que fueras pirata, Gemelo?

—No creo —dijo el primer gemelo, igual de astuto que los demás—. Nibs, ¿a tu...?

—¡Basta de cháchara! —rugió Garfio.

Y sus hombres arrastraron a los portavoces hasta sus puestos en la fila.

—Tú, chico —dijo, dirigiéndose a John—. Tú parece que tienes algo más de agallas. ¿Nunca has querido ser pirata, muchacho?

Lo cierto era que John había pensado bastante en ello en clase de matemáticas y le sorprendió que Garfio lo hubiese elegido precisamente a él.

—Una vez se me ocurrió que podía llamarme Jack Mano Roja —dijo con deferencia.

—Un buen nombre. Te llamaremos así, valiente, si te unes a nosotros.

—¿Tú qué dices, Michael? —preguntó John.

—¿Cómo me llamaríais si me uno a vosotros? —quiso saber Michael.

—Joe Barbanegra.

Michael, evidentemente, se quedó muy impresionado.

—¿Tú qué dices, John?

Michael quería que lo decidiera John, pero John quería que lo decidiera Michael.

—¿Seguiremos siendo respetables súbditos de su majestad? —preguntó John.

Garfio le contestó entre dientes:

—Tendríais que jurar: «Muerte al rey».

Puede que John no se hubiera portado muy bien hasta entonces, pero en aquel momento reaccionó brillantemente.

—Entonces, me niego —exclamó dando un puñetazo sobre el barril que Garfio tenía delante.

—Y yo también me niego —gritó Michael.

—¡Viva Gran Bretaña! —chilló Curly.

Los piratas, enfurecidos, les dieron varias bofetadas en la boca y Garfio bramó:

—Os habéis condenado. Traedme a su madre. Preparad la tabla.

Hay que tener en cuenta lo niños que eran. Como era de suponer, se pusieron pálidos al ver a Jukes y Cecco preparando la tabla mortal. Pero intentaron ser valientes al ver acercarse a Wendy.

No tengo palabras para deciros hasta qué punto despreciaba Wendy a aquellos hombres. A los chicos podía parecerles que ser pirata tenía su encanto, pero Wendy lo único que veía era que llevaban años sin darle un buen fregado al barco. Los cristales de las portillas estaban tan sucios que no había ni uno solo en el que no se pudiera escribir con el dedo: «Cerdo», y ya lo había escrito en varios de ellos. Pero cuando los chicos se agruparon en torno a ella, quiso dedicarles toda su atención.

—Bueno, guapa —dijo Garfio, con voz almibarada—. Ahora vas a ver a tus niños saltando por la borda.

A pesar de ser un caballero distinguido, la intensidad de sus peroratas le había ensuciado la gorguera y de repente se dio cuenta de que ella lo había visto. Intentó taparse la mancha con un gesto brusco, pero no llegó a tiempo.

—¿Han de morir? —preguntó Wendy.

La niña le lanzó semejante mirada de desprecio que a Garfio le faltó poco para desmayarse.

—Sí —rugió él—. Todos a callar —dijo sintiendo un evidente placer—. Vamos a escuchar las últimas palabras de una madre a sus hijos.

En aquel momento Wendy estuvo genial.

—Éstas son mis últimas palabras, queridos niños —dijo con firmeza—; tengo para vosotros un mensaje de vuestras madres verdaderas. Es éste: «Esperamos que nuestros hijos mueran como auténticos caballeros ingleses».

Hasta los piratas se quedaron sorprendidos. Y Tootles se puso a gritar como un histérico:

—Pues yo voy a hacer lo que mi madre espera de mí. ¿Y tú qué vas a hacer, Nibs?

—Lo que mi madre espera de mí. ¿Y tú qué vas a hacer, Gemelo?

—Lo que mi madre espera de mí. John, ¿tú qué...?

Pero Garfio acababa de recuperar la voz.

—Atadla —gritó.

Fue Smee quien la ató al palo mayor.

—Escucha, cielo —le susurró—, te salvaré si prometes ser mi madre.

Pero Wendy no estaba dispuesta a hacer semejante promesa, ni siquiera por Smee.

—Casi prefiero no tener hijos —dijo con aire despectivo.

Es triste tener que decir que ninguno de los niños la miró mientras Smee la ataba al palo mayor. Estaban todos con los ojos clavados en la tabla por la que iban a dar sus últimos pasos. Ya ni siquiera tenían la esperanza de poder caminar por la tabla dignamente, puesto que habían perdido la capacidad de pensar. En aquellos momentos lo único que podían hacer era mirar fijamente la tabla y temblar.

Garfio les sonrió con los dientes apretados y dio un paso hacia Wendy. Lo que pretendía era volverle la cara para que viera a los niños caminando por la tabla uno a uno. Pero no llegó hasta Wendy ni pudo oír el grito de angustia que esperaba arrancarle. Lo que oyó fue otra cosa.

Era el terrible tictac del cocodrilo.

Todos lo oyeron... los piratas, los niños y Wendy. E inmediatamente todas las cabezas se volvieron en la misma dirección, no hacia el agua de donde procedía el sonido, sino hacia Garfio. Ya se sabía que lo que iba a suceder concernía solamente al pirata. Los demás habían pasado de ser actores a convertirse en espectadores.

Era espantoso ver el cambio que había sufrido Garfio. Parecía como si le hubieran cortado todas las articulaciones. Cayó al suelo hecho un rebujo.

El sonido se había ido acentuando de forma continua, precedido por esta aterradora idea en las mentes de todos: «El cocodrilo está a punto de subir a bordo».

Incluso la garra de hierro se había quedado petrificada, como si supiera que no era una parte intrínseca de lo que buscaban las fuerzas enemigas. Abandonado de semejante modo, cualquier otro hombre hubiera seguido despatarrado en cubierta, con los ojos cerrados, pero el gigantesco cerebro de Garfio seguía funcionando y, guiado por él, el pirata se puso a gatas y procuró alejarse del sonido todo lo posible. Sus hombres le iban abriendo paso respetuosamente, y fue al chocar contra la borda cuando les habló.

—Escondedme —exclamó con voz ronca.

Los piratas lo rodearon, intentando no mirar al animal que estaba a punto de subir a bordo. En cualquier caso, no tenían intención de luchar. Sabían que era el destino.

En cuanto los piratas terminaron de ocultar a Garfio, la curiosidad llevó a los niños a acercarse al costado del barco para ver al cocodrilo trepando por él. Fue entonces cuando se llevaron la mayor sorpresa de aquella Gran Noche, pues no era precisamente un cocodrilo lo que los había sacado de apuros. Era Peter.

Su capitán les hizo seña de que no soltaran ningún grito de admiración que pudiera despertar sospechas. Después siguió haciendo tictac.

CAPÍTULO 15
«Esta vez, o Garfio o yo»

A lo largo de nuestra vida nos ocurren cosas extrañas y a veces no nos damos cuenta de ello hasta que ha pasado un cierto tiempo. Así, nos puede suceder, por ejemplo, que descubramos de repente que hemos estado sordos de un oído sin saber cuánto tiempo, digamos una media hora. Algo parecido le sucedió a Peter aquella noche. La última vez que lo habíamos visto estaba atravesando la isla sigilosamente, con un dedo sobre los labios y el puñal a punto. Había visto pasar al cocodrilo a su lado sin notar nada raro, pero al cabo de un rato se dio cuenta de que ya no hacía tictac. Al principio le pareció muy misterioso, pero después dedujo, correctamente, que al reloj se le había acabado la cuerda.

Sin detenerse siquiera a pensar en cómo debía de sentirse aquella criatura, privada bruscamente de su compañía más asidua, Peter se puso a pensar enseguida sobre la mejor forma de sacar provecho de la catástrofe; decidió que lo mejor era ponerse a hacer tictac para que los animales salvajes lo tomaran por el cocodrilo y lo dejaran en paz. Así lo hizo, y se le daba muy bien imitar el sonido de un reloj, pero sucedió algo con lo que no contaba. El cocodrilo, al oír el tictac, se puso a seguirlo, aunque nunca sabremos si pretendía reclamar lo que había perdido o si iba simplemente en calidad de amigo, convencido de que el sonido procedía de su interior. El cocodrilo, como todos los esclavos de una idea fija, era un animal estúpido.

Peter llegó a la orilla sin problemas y siguió adelante, entrando en contacto con el agua como si sus piernas no se hubieran dado cuenta de que se trataba de un elemento distinto. Hay muchos animales que pasan de la tierra al agua con esta facilidad, pero no sé de ningún otro ser humano capaz de hacerlo. Mientras nadaba, en su cabeza iba repitiendo la misma frase una y otra vez: «Esta vez, o Garfio o yo». Llevaba tanto tiempo haciendo tictac que había empezado a hacerlo sin darse cuenta. Si se hubiera fijado en el sonido, hubiera parado de hacerlo, porque lo de abordar el barco de los piratas sirviéndose del tictac, que era una idea genial, no se le había ocurrido.

Al contrario, mientras trepaba por el costado del barco creía estar haciendo menos ruido que un ratón, y se quedó atónito al ver a los piratas asustándose de él, con Garfio en el centro, tan acobardado como si hubiera visto al cocodrilo.

¡El cocodrilo! En cuanto se acordó de él, Peter se fijó en el tictac. Al principio pensó que el ruido procedía del animal y miró hacia atrás rápidamente. Entonces se dio

"ESTA VEZ, O GARFIO O YO"

cuenta de que lo estaba haciendo él mismo e inmediatamente comprendió la situación. «Qué listo soy», pensó enseguida, haciendo una seña a los niños para que no le aplaudieran.

Fue en aquel momento cuando el cabo Ed Teynte salió del castillo de proa y echó a andar por la cubierta. Ahora, lector, usa tu reloj para calcular en cuánto tiempo sucedió el siguiente episodio. Peter dio al pirata una puñalada certera. John le tapó la boca para evitar que se oyera su grito de agonía. El moribundo se inclinó hacia delante y cuatro de los niños se abalanzaron sobre él para evitar que se desplomara ruidosamente sobre la cubierta. Peter dio la señal y lanzaron el cadáver por la borda. Se oyó un chapoteo y de nuevo el silencio. ¿En cuánto tiempo sucedió todo esto?

—¡Uno! —Slightly había empezado a contar.

Sin perder ni un momento, Peter se deslizó silenciosamente al interior de la cabina, pues los piratas se estaban armando de valor para salir a echar un vistazo. Ahora ya se oían a sí mismos respirar agitadamente, lo que les demostraba que el más siniestro de los ruidos había dejado de sonar.

—Se ha marchado, capitán —dijo Smee, limpiándose las gafas—. Ya no se oye nada.

Garfio sacó lentamente la cabeza de la gorguera y se puso a escuchar con tanta atención que no se le hubiera escapado ni el eco del tictac. No se oía absolutamente nada, y Garfio se fue enderezando hasta recobrar su altura normal.

—Entonces, viva Johnny Tablón —gritó con ímpetu, odiando a los niños más que nunca por haberlo visto acobardarse. Y entonó la siniestra canción:

Jo, jo, jo, vamos a pasear
por el tablón hacia el agua.
Pero no te vayas a marear,
pues Davy Jones te aguarda.

Para aterrorizar aún más a los prisioneros, aunque implicara una cierta pérdida de dignidad, se puso a bailar sobre una tabla imaginaria, haciéndoles muecas mientras cantaba, y al terminar exclamó:

—¿Queréis catar el látigo antes de la tabla?

Al oírlo, los niños cayeron de rodillas.

—No, no —gritaron con tanta angustia que hicieron sonreír a todos los piratas.

—Trae el látigo, Jukes —dijo Garfio—. Está en la cabina.

¡En la cabina! ¡Era donde estaba Peter! Los niños se miraron unos a otros.

—Sí, señor —dijo Jukes, alegremente, dirigiéndose hacia la cabina.

Los niños lo siguieron con la mirada, casi sin darse cuenta de que Garfio se había puesto a cantar otra vez, secundado por sus secuaces:

Jo, jo, jo, nueve son
de mi látigo las colas.
Antes de ir al tablón...

Jamás sabremos qué decía el último verso, pues la canción quedó interrumpida por un horrible grito que venía de la cabina. El lamento atravesó el barco de proa a popa y se extinguió. A continuación se oyó un cacareo que los niños reconocieron enseguida y que a los piratas les pareció todavía más misterioso que el chillido.

—¿Qué ha sido eso? —exclamó Garfio.

—Dos —dijo Slightly, con gran solemnidad.

Cecco, el italiano, dudó un momento, pero acabó decidiéndose a entrar en la cabina. Salió tambaleándose, muy pálido.

—¿Qué le ocurre a Bill Jukes, bellaco? —susurró Garfio, mirándolo desde arriba.

—Le ocurre que está muerto, acuchillado —contestó Cecco con voz cavernosa.

—¡Bill Jukes, muerto! —gritaron los piratas, sorprendidos.

—La cabina está como boca de lobo —farfulló Cecco—, pero hay algo espantoso ahí dentro, lo que hemos oído cacarear.

Garfio vio tanto la alegría en el rostro de los niños como las miradas temerosas de los piratas.

—Cecco —dijo con voz de acero—. Entra en la cabina y tráeme a ese gallito.

Cecco, valiente donde los haya, se acobardó ante su capitán y chilló:

—¡No, no!

Pero Garfio había empezado a acariciarse la garra.

—Has dicho que vas a ir, ¿verdad, Cecco? —dijo Garfio, haciéndose el distraído.

Cecco levantó los brazos desesperadamente y se dirigió hacia la cabina. Esta vez no cantaron. Todos se pusieron a escuchar atentamente. Y volvieron a oír un grito agonizante y un cacareo.

Nadie habló, excepto Slightly.

—Tres —dijo.

Garfio animó a sus hombres con un gesto.

—¡Por todas las calaveras! —bramó—. ¿Quién me va a traer a ese gallito?

—Es mejor esperar a que salga Cecco —gruñó Starkey, y los demás lo apoyaron.

—¿Has dicho que quieres ir tú, Starkey? —dijo Garfio, acariciándose la garra otra vez.

—¡No, demonios! —exclamó Starkey.

—A mi garfio le ha parecido oír que sí —dijo Garfio, acercándose a él—. ¿Y no es mejor tenerlo contento, Starkey?

—Prefiero ir a la horca antes que entrar ahí —contestó Starkey tercamente, y los demás lo apoyaron.

—Conque un motín, ¿eh? —preguntó Garfio con una voz de lo más agradable—. Entonces, Starkey debe de ser el cabecilla, ¿no?

—Piedad, capitán —gimoteó Starkey, echándose a temblar.

—Choca los cinco, Starkey —dijo Garfio, ofreciéndole la garra.

Starkey miró a su alrededor, buscando apoyo, pero nadie se puso de su parte. Mientras retrocedía, Garfio iba avanzando, con aquel brillo rojo en la mirada. Soltando un grito de desesperación, el pirata se subió al Gran Tom de un salto y se tiró por la borda.

—Cuatro —dijo Slightly.

—Y ahora —dijo Garfio muy finamente—, ¿hay más caballeros que quieran amotinarse?

Tomó un farol y levantó la garra con un gesto amenazador.

—Tendré que ir yo mismo a sacar de ahí a ese gallito —dijo, entrando precipitadamente en la cabina.

Slightly estaba deseando poder decir «cinco». Se mojó los labios para estar listo, pero en ese momento salió Garfio, tambaleándose y sin el farol.

—Ahí dentro hay algo que me ha apagado el farol —dijo con voz insegura.

—¡Algo! —repitió Mullins.

—¿Qué le ha ocurrido a Cecco? —preguntó Noodler.

—Está tan muerto como Jukes —dijo Garfio brevemente.

No mostraba ningún interés por entrar en la cabina otra vez, y esto hizo muy mal efecto a sus hombres. Volvieron a oírse rumores de motín.

Todos los piratas son supersticiosos, y Cookson gritó:

—Se dice que cuando en un barco hay alguien que no pertenece a él es una prueba segura de que el barco está maldito.

—Yo he oído —dijo Mullins, por lo bajo— que ese alguien siempre acaba abordando los barcos piratas. No tendrá rabo, ¿verdad, capitán?

—También cuentan —dijo otro, mirando a Garfio con expresión ceñuda— que cuando aparece siempre toma la forma del hombre más malvado que haya a bordo.

—¿Tiene un garfio, capitán? —preguntó Cookson con insolencia.

—¡El barco está maldito! —fueron repitiendo uno tras otro.

Al oír esto, los niños no pudieron evitar soltar un grito de alegría. Garfio no se había vuelto a acordar de sus prisioneros, pero en aquel momento los miró y se le iluminó el rostro.

—Muchachos —dijo a su tripulación—. Se me ha ocurrido una idea. Abrid la puerta de la cabina y metedlos dentro. Que luchen contra el gallito a vida o muerte. Si lo matan, tanto mejor; si los mata, no hemos perdido nada.

Por última vez, los hombres de Garfio volvieron a mostrar su admiración por él, cumpliendo la orden sin rechistar. Los niños hicieron como que se resistían, pero los metieron a empujones en la cabina y cerraron la puerta.

—¡Ahora, escuchad! —exclamó Garfio, y todos escucharon.

Pero nadie se atrevió a mirar hacia la puerta. Aunque hubo una persona que sí se atrevió, Wendy, que llevaba todo este tiempo atada al palo mayor. Pero no estaba pendiente de un grito o un cacareo; lo que quería era ver aparecer a Peter.

No tuvo que esperar mucho. En la cabina, Peter había encontrado lo que iba buscando: la llave con que abrir las esposas de los niños, que agarraron todas las armas que encontraron. Después, Peter les indicó que se escondieran y fue a cortar las cuerdas que ataban a Wendy. Realmente, lo más fácil hubiera sido salir volando cuanto antes, pero había algo que se lo impedía, un juramento: «Esta vez, o Garfio o yo». Por tanto, después de liberar a Wendy, Peter le susurró que fuera a esconderse con los demás y él ocupó su sitio junto al palo mayor, envolviéndose en la capa de la niña para hacerse pasar por ella. Entonces se llenó los pulmones de aire y cacareó.

Para los piratas aquella voz significaba que en la cabina ya no quedaba ni un solo niño con vida; y les entró el pánico.

Garfio intentó darles ánimos, pero era él quien los había convertido en lobos de mar, y como tales le enseñaron los colmillos. Garfio se dio cuenta entonces de que en el momento en que les quitara la vista de encima, saltarían sobre él.

—Muchachos —dijo, dispuesto a adular o a golpear según fuera necesario, pero sin acobardarse ni por un momento—. Ya lo entiendo. Hay un gafe a bordo.

—Sí —refunfuñaron—. Es uno que tiene un gancho.

—No, muchachos, no; es la niña. No puede haber suerte en un barco pirata con una mujer a bordo. Todo se arreglará cuando ella desaparezca.

Algunos de ellos se acordaron de haber oído a Flint decir lo mismo.

—Merece la pena intentarlo —dijeron sin mucho entusiasmo.

—Echad a la niña por la borda —exclamó Garfio, y se abalanzaron hacia la figura envuelta en la capa.

—De ésta sí que no te libra nadie, niña —susurró Mullins en tono burlón.

—Hay uno que puede librarme —contestó la figura.

—¿Quién?

—¡Peter Pan, el vengador! —fue la terrible respuesta.

Mientras hablaba, Peter tiró la capa al suelo y todos se enteraron de quién había estado repartiendo puñaladas en la cabina. Garfio hizo dos intentos de hablar, pero no pudo. En aquel terrible momento se le debieron de revolver las entrañas.

—¡Abridle en canal! —exclamó finalmente sin demasiada convicción.

—Vamos, chicos. ¡Al ataque! —resonó la voz de Peter.

Y al instante, el chocar de las armas empezó a oírse por todo el barco. Si los piratas se hubieran mantenido juntos, no hay duda de que hubieran vencido, pero los niños se les echaron encima en un momento de confusión, y cada uno salió corriendo por su lado, dando puñaladas al aire y creyéndose el último superviviente de la tripulación. Eran más fuertes, por lo que les hubiera convenido luchar cara a cara, pero, como estaban en actitud defensiva, los niños podían elegir su presa y atacar en parejas. Varios de los rufianes saltaron al agua, y a los que se escondían en lugares recónditos los encontraba Slightly, que no luchaba pero correteaba por el barco con un farol que les metía en la cara, deslumbrándolos y convirtiéndolos en presa fácil para las espadas de los otros niños. No se oía nada más que el chocar de las armas, algún chirrido o chapoteo y la voz monótona de Slightly, que iba contando: cinco... seis... siete... ocho... nueve... diez... once.

Creo que ya no quedaba ni uno cuando un grupo de niños rodeó a Garfio, que parecía tener siete vidas, pues había conseguido mantenerlos a raya en aquel círculo de fuego. Habían acabado con sus hombres, pero él solo era capaz de hacerles frente a todos juntos. Una y otra vez lo acorralaron, pero Garfio siempre conseguía abrirse un hueco. Había levantado a un niño con el garfio y lo estaba usando como escudo, cuando otro niño, que acababa de atravesar con su espada a Mullins, se metió en la pelea de un salto.

—Apartad las espadas, chicos —dijo el recién llegado—. Este hombre es mío.

Así, de esta forma tan inesperada, se encontró Garfio cara a cara con Peter. Los demás se echaron hacia atrás, formando un círculo alrededor.

Los dos enemigos se miraron a los ojos durante un largo rato: Garfio, temblando ligeramente, y Peter con aquella extraña sonrisa suya.

—Así que todo esto es cosa tuya, Pan —dijo Garfio, rompiendo el silencio por fin.

—Sí, James Garfio —contestó Peter, solemnemente—. Es todo cosa mía.

—Jovenzuelo orgulloso y descarado, prepárate para enfrentarte con tu destino —dijo Garfio.

—Hombre oscuro y siniestro, prepárate tú —contestó Peter.

"ESTE HOMBRE ES MÍO!"

Sin más palabras comenzó la pelea, y al principio ninguna de las dos partes parecía sacar ventaja. Peter era un espadachín magnífico y paraba los golpes con una rapidez impresionante.

De cuando en cuando daba una finta seguida de una estocada y lograba penetrar la defensa del enemigo, pero tenía la desventaja de que su alcance era más corto y no lograba dar el golpe mortal. Garfio, otro experto en el manejo de la espada, no era tan ágil de muñeca, pero conseguía hacer retroceder a Peter por la fuerza con que atacaba. El pirata tenía la esperanza de sorprenderlo de repente con su golpe preferido, el que le había enseñado Barbacoa en Río hacía muchos años. Pero cuál no sería su asombro al ver que Peter esquivaba sus estocadas una y otra vez. Entonces intentó acercarse y dar el golpe mortal con su garfio, que había estado arañando el aire todo este tiempo. Pero Peter se agachó y, dando una feroz estocada, hirió a Garfio en las costillas. Al ver su propia sangre, cuyo extraño color, como recordaréis, resultaba insoportable, Garfio dejó caer la espada y quedó merced de Peter.

—¡Ahora! —gritaron los niños.

Sin embargo, con un gesto magnífico, Peter invitó a su oponente a que recogiera la espada. Garfio lo hizo inmediatamente, con la trágica sensación de que Peter estaba demostrando tener muy buenos modales.

Hasta entonces Garfio había estado convencido de que luchaba contra un salvaje, pero ahora le habían empezado a asaltar peores sospechas.

—Pan, ¿quién sois? ¿Qué sois? —exclamó roncamente.

—Soy la juventud, soy la alegría —contestó Peter, sin pensárselo mucho—. Soy un pajarillo que acaba de romper el cascarón.

Esto era, naturalmente, una tontería, pero le sirvió al infeliz Garfio para comprobar que Peter no tenía ni la más mínima idea de quién era o qué era, lo cual es el colmo de la buena educación.

—¡En guardia! —exclamó con desesperación.

De repente se convirtió en una especie de mayal humano y cualquiera de sus estocadas hubieran partido en dos al hombre o niño que obstruyera su camino, pero Peter revoloteaba a su alrededor como si el propio viento que levantaba la espada lo alejara del peligro. Una y otra vez conseguía Peter cruzar la barrera y herir al enemigo.

Se notaba que Garfio estaba luchando sin ninguna esperanza. Su pasión ya no era seguir con vida, sino que se le concediera un favor: ver a Peter perder sus buenos modales antes de soltar el último suspiro.

Abandonando repentinamente la lucha, entró corriendo en el cuarto de las municiones y prendió fuego a una mecha.

—En un par de minutos —exclamó— el barco volará en mil pedazos.

«Y, ahora, por fin —pensó—, se verá si tiene una verdadera educación.»

Pero Peter salió del cuarto de las municiones con la bomba en la mano y la tiró por la borda, tranquilamente.

A todo esto, ¿de qué modales estaba haciendo gala el propio Garfio? Por mucho que se hubiera apartado de la senda del bien, podemos alegrarnos, aun cuando no simpaticemos con él, de que al final se mostrase fiel a las tradiciones de su raza. Los otros niños se habían puesto a volar a su alrededor, riéndose de él y mostrando su desprecio. Sin embargo, Garfio, tambaleándose sobre la cubierta mientras intentaba defenderse, no estaba pensando en ellos en absoluto. Su mente estaba tumbada en los campos de deporte de antaño, o yendo al despacho del director por última vez, o contemplando el partido de fútbol desde un famoso muro. Y llevaba unos zapatos impecables, un chaleco impecable, una corbata impecable y unos calcetines impecables.

No obstante, aunque sea un personaje no carente de cierto heroísmo, debemos despedirnos de James Garfio.

Hemos llegado a su último momento.

Al ver a Peter acercándose lentamente por el aire con el puñal en alto, Garfio subió de un salto a la borda para tirarse al mar. No sabía que el cocodrilo lo estaba esperando, pues habíamos detenido el reloj precisamente para ahorrarle el disgusto: una prueba de respeto que le ofrecemos en éste su final.

El pirata tuvo un último triunfo, y creo que debemos reconocérselo. Cuando estaba encaramado en la borda vio por encima del hombro a Peter revoloteando a sus espaldas y lo invitó con un gesto a que usase el pie. Y Peter le dio una patada en vez de apuñalarlo.

Éste era precisamente el favor que Garfio había anhelado tanto.

—¡Qué mala educación! —gritó con voz socarrona, y saltó alegremente hacia el cocodrilo.

Así murió James Garfio.

—Diecisiete —cantó Slightly.

Sin embargo, sus cálculos no eran del todo correctos. Quince hombres habían pagado por sus crímenes aquella noche; pero dos llegaron a la orilla: Starkey, que fue capturado por los pieles rojas y convertido en la niñera de todos los retoños de la tribu, final un tanto vergonzoso para un pirata; y Smee, que se dedicó a vagar por el mundo con sus gafas, ganándose el pan a duras penas a base de decir que era el único hombre a quien había temido James Garfio.

Wendy, por supuesto, no había tomado parte en la pelea, aunque no había apartado de Peter sus ojos relucientes, pero, al acabar todo aquel barullo, volvió a desempeñar un papel importante. Alabó a todos por igual y se estremeció encantada cuando Michael le enseñó el lugar en el que había matado a un pirata. Luego llevó a los niños al camarote de Garfio y señaló hacia el reloj del capitán, que estaba colgado de un clavo. ¡Marcaba la una y media!

Casi lo peor de todo era que fuera tan tarde. Wendy los metió a toda velocidad en las literas de los piratas, os lo aseguro. A todos menos a Peter, que se puso a pasear por la cubierta hasta que por fin cayó rendido junto al Gran Tom. Aquella noche tuvo uno de sus sueños y lloró mucho mientras dormía, a pesar de que Wendy lo tenía bien protegido en su regazo.

CAPÍTULO 16
La vuelta a casa

A la mañana siguiente, con la segunda campanada ya estaban todos en pie, pues había mar gruesa, y Tootles, el contramaestre, corrió a despertarlos con un cabo en la mano y mascando tabaco. Se pusieron la ropa de los piratas cortada por las rodillas, se afeitaron bien y subieron a cubierta, andando con la soltura que sólo tienen los auténticos lobos de mar y sujetándose los pantalones.

No hace falta decir quién era el capitán. Nibs y John eran primer y segundo piloto. Había una mujer a bordo. Los demás eran todos curtidos marineros y vivían todos en el castillo de proa. Peter ya se había colgado del timón, pero los reunió a todos y pronunció un breve discurso. Dijo que esperaba verlos cumplir con su deber valerosamente, pero que sabía muy bien que eran la peor escoria de Río y de la Costa de Oro, y que si se ponían insolentes los partiría en dos. Aquellas palabras duras y estridentes eran las adecuadas para dirigirse a la tripulación, que le aplaudió fervorosamente. Tras esto, el capitán dio un par de órdenes breves y la tripulación hizo girar el barco, poniendo rumbo al continente.

El capitán Pan había consultado la carta de navegación y había calculado que, si se mantenía el buen tiempo, llegarían a las Azores en torno al 21 de junio, tras lo cual irían volando para ganar tiempo.

Algunos de los tripulantes querían convertirlo en un barco decente y otros preferían que siguiera siendo un barco pirata; pero el capitán los trataba como a perros y ellos no se atrevían a darle a conocer sus deseos, ni siquiera por escrito. Lo único seguro era la obediencia inmediata. Slightly se ganó una docena de azotes por quedarse desconcertado al recibir la orden de hacer unos sondeos. Existía el convencimiento generalizado de que Peter se estaba portando con honradez para acallar las sospechas de Wendy, pero que podía producirse un cambio cuando estuviera terminado el traje nuevo que ella le estaba haciendo, por obligación, usando varias de las prendas más siniestras del capitán Garfio. Se acabó rumoreando entre la tripulación que, la primera noche en que Peter se puso el traje, se sentó en el camarote con la doble boquilla de Garfio en la boca y una mano hecha un puño con el dedo índice curvado hacia arriba, como si fuese un garfio.

En vez de continuar en el barco, sin embargo, debemos regresar ahora al desolado hogar desde el que, en una noche ya lejana, tres de nuestros personajes habían emprendido su despiadado vuelo. Es una lástima habernos olvidado del número 14 durante todo este tiempo; y, sin embargo, estamos convencidos de que la señora Darling no nos guarda rencor. Si hubiésemos vuelto antes, para contemplarla con una compasión sincera, probablemente hubiera exclamado: «Tonterías. ¿Qué importo yo? Volved a cuidar de los niños». Mientras las madres sigan siendo así, sus hijos se aprovecharán de ellas; más vale que lo vayan sabiendo.

Pero ahora regresamos al conocido cuarto de los niños precisamente porque sus legítimos ocupantes van de camino a casa. Nos hemos adelantado sólo para asegurarnos de que sus camas están bien aireadas y comprobar que el señor y la señora Darling no van a salir esa noche. No somos más que unos mandados. Pero ¿por qué demonios iban a tener que estar aireadas unas camas que habían abandonado con semejante desfachatez? ¿No se lo tendrían bien merecido si al volver se encontraran con que sus padres habían salido a pasar el fin de semana al campo? Sería la lección que han necesitado desde que los conocemos. Pero si las cosas sucedieran de esta manera, la señora Darling jamás nos lo perdonaría.

Lo que me gustaría muchísimo es decirle, como sólo podemos hacer los escritores, que los niños están en el viaje de vuelta, que llegarán el próximo jueves. Pero esto estropearía completamente la sorpresa que piensan darle Wendy, John y Michael. En el barco ya se la han estado imaginando: la emoción de la madre, el grito de alegría del padre, el salto de *Nana* para ser la primera en abrazarlos, cuando lo que habría que darles es una buena paliza. Qué maravilla estropearlo todo dándoles la noticia de antemano, para que cuando entren dándose muchos aires, la señora Darling ni siquiera ofrezca su beso a Wendy y el señor Darling exclame malhumoradamente: «Vaya por Dios, ya han vuelto los niños éstos». Sin embargo, no sabrían agradecérnoslo. A estas alturas ya conocemos bastante bien a la señora Darling y estamos seguros de que nos regañaría por haber privado a los niños de su pequeña diversión.

—Pero, querida señora, aún faltan diez días hasta que llegue el próximo jueves; y si le contamos cómo está el asunto, podemos evitarle diez días de tristeza.

—Sí, pero ¡a qué precio! ¡A costa de privar a los niños de diez minutos de alegría!

—Bueno, si se empeña en verlo de esa manera...

—¿Y de qué otra manera podría verlo?

Como veréis, era una mujer de poco carácter. Yo tenía la sana intención de haberle dedicado palabras amables, pero ahora la desprecio tanto que no pienso decir absolutamente nada. En realidad, ni siquiera hace falta decirle que prepare todo, porque siempre lo tiene todo preparado. Las camas están bien aireadas, ella nunca sale de casa y, fijaos bien, la ventana está abierta. Como no le hacemos ninguna falta, podríamos volver al barco. Sin embargo, ya que estamos aquí, podemos aprovechar para seguir observando. Al fin y al cabo es lo que somos, simples espectadores. Nadie nos necesita. Quedémonos, pues, y sigamos haciendo comentarios mordaces, con la esperanza de que alguno de ellos moleste a alguien.

El único cambio que se observa en el cuarto de los niños es que la perrera desaparece de nueve a seis. Cuando los niños se fueron volando, el señor Darling se quedó absolutamente convencido de que toda la culpa era suya por haber encadenado a *Nana*, que desde el principio hasta el final había demostrado tener mucho mejor sentido que él. Como ya hemos visto, era un hombre muy simple. De no ser por la calva, podía haber pasado por un niño. Pero también tenía un noble sentido de la justicia y el valor de un león cuando se trataba de hacer lo que él consideraba correcto. Tras la huida de los niños, después de habérselo pensado cuidadosamente, se puso a cuatro patas y se metió en la perrera. Cuando la señora Darling le rogaba encarecidamente que saliera, él respondía triste, pero firmemente:

—No, querida. Es aquí donde debo estar.

Amargado por los remordimientos, juró no volver a salir de la perrera hasta que regresaran sus hijos. Daba mucha lástima, por supuesto, pero cuando el señor Darling hacía algo siempre se excedía, porque, de lo contrario, desistía de hacerlo. No había hombre más humilde que el otrora orgulloso George Darling, tumbado en la perrera al caer la tarde, comentando con su esposa las gracias de sus hijos.

Su deferencia hacia *Nana* resultaba verdaderamente conmovedora.

No le permitía entrar en la perrera, pero en lo demás la obedecía ciegamente.

Todas las mañanas metían la perrera, con el señor Darling dentro, en un taxi que lo llevaba a su oficina, y a las seis regresaba a casa de la misma manera. Os haréis una idea del carácter tan fuerte que tenía si recordáis lo sensible que era a la opinión de sus vecinos. Se había convertido en un hombre cuyo más insignificante movimiento llamaba poderosamente la atención, provocando un asombro considerable. Por dentro debía de estar sufriendo horriblemente, pero mantenía las apariencias incluso cuando los jóvenes criticaban su habitáculo, y siempre se quitaba el sombrero educadamente ante cualquier dama que metiera la cabeza para mirar.

Podrá parecer quijotesco, pero era magnífico. El verdadero significado de aquello tardó poco en trascender, conmoviendo el generoso corazón de las masas. La muchedumbre empezó a seguir a su taxi, aplaudiendo fervorosamente. Jóvenes de lo más atractivas trepaban por el coche para pedirle un autógrafo. Empezaron a publicarse artículos en los mejores periódicos y la alta sociedad lo invitaba a cenar, añadiendo: «Por favor, venga en la perrera».

Aquel jueves tan memorable, la señora Darling estaba en el cuarto de los niños esperando a que George volviera de trabajar. Era una mujer de mirada muy triste. Al verla ahora de cerca y recordar lo alegre que era antes de perder a sus hijos, me doy cuenta de que soy incapaz de decir cosas desagradables sobre ella. Al fin y al cabo, no podía evitar querer tanto a esos niñatos suyos. Miradla, sentada en su silla, donde se ha quedado dormida. El lado derecho de la boca, que es lo primero que se ve, está casi marchito. Se lleva la mano al pecho con frecuencia, como si le doliera. Unos prefieren a Peter y otros prefieren a Wendy, pero yo tengo debilidad por ella. Supongamos que, para hacerla feliz, le susurramos en sueños que los mocosos van a volver.

Están a sólo tres kilómetros de la ventana, y volando con rapidez, pero lo único que tenemos que hacer es decir en voz baja que van a volver. Hagámoslo.

Es una lástima haberlo hecho, pues se ha despertado diciendo sus nombres y no hay nadie en la habitación más que *Nana*.

—*Nana*, he soñado que mis niños habían vuelto.

La perra tenía los ojos húmedos, pero se limitó a poner cariñosamente la pata encima del regazo de su ama, y aún seguían así cuando trajeron la perrera. Cuando el señor Darling saca la cabeza para dar un beso a su mujer, vemos que su rostro está más curtido que antaño, pero tiene una expresión más dulce.

Dio el sombrero a Liza, que lo tomó desdeñosamente, pues no tenía imaginación y era incapaz de comprender la conducta de aquel hombre. Fuera, la muchedumbre que lo había seguido a casa seguía aplaudiendo, y el señor Darling se emocionó.

—¿Lo oyes? —dijo—. Resulta reconfortante.

—Un montón de niños pequeños —se burló Liza.

—Hoy había varios adultos —le aseguró él, sonrojándose ligeramente.

Pero cuando Liza puso los ojos en blanco, el señor Darling no le hizo ni un solo reproche. El éxito no se le había subido a la cabeza, sino que le había hecho más comprensivo. Sacó medio cuerpo de la perrera y se puso a comentar este éxito con la señora Darling, apretándole la mano para convencerla de que no le concedía más importancia de la debida.

—Si yo hubiera sido un hombre débil —dijo—. ¡Imagínate, si yo hubiera sido un hombre débil!

—Oye, George —dijo ella, tímidamente—. Sigues teniendo los mismos remordimientos, ¿verdad?

—¡Los mismos, querida! Mira mi castigo: vivir en una perrera.

—Es un castigo, ¿verdad, George? ¿Seguro que no te divierte?

—¡Amor mío!

Os aseguro que ella le pidió perdón. Después, como le había entrado sueño, él se acurrucó dentro de la perrera.

—¿Por qué no tocas un poco el piano para que me duerma? —le pidió él.

Y mientras ella atravesaba el cuarto de los niños para ir al cuarto de jugar, cometió la torpeza de decir:

—Y cierra la ventana, que hay corriente.

—Ay, George, no vuelvas a pedirme que haga eso. Esa ventana tiene que estar abierta para ellos, siempre, siempre.

Entonces fue él quien pidió perdón, y la señora Darling fue al cuarto de jugar y se puso a tocar el piano. Él tardó poco en quedarse dormido y, mientras dormía, Wendy, John y Michael entraron volando en la habitación.

¡Ay, no! Esto lo hemos escrito porque era lo que los tres niños se habían imaginado mientras iban en el barco; pero debe de haber ocurrido algo desde entonces, pues no son ellos los que han entrado volando, sino Peter y Campanilla.

Las primeras palabras de Peter nos dan la clave.

—Rápido, Campanilla —susurró—, cierra la ventana. Con cerrojo. Muy bien. Y ahora tú y yo salimos por la puerta. Y cuando Wendy vuelva pensará que su madre no quiere que entre y tendrá que volver conmigo.

Ya entiendo una cosa que me había parecido muy extraña: por qué Peter, después de haber exterminado a los piratas, no volvió a la isla y dejó que fuera Campanilla la que acompañara a los niños hasta el continente. Lo tenía todo pensado desde el primer momento.

En lugar de estar un poco nervioso por lo mal que se estaba portando, Peter se puso a bailar de alegría. Luego se acercó al cuarto de jugar para ver quién estaba tocando, y le dijo a Campanilla al oído:

—Es la madre de Wendy. Es guapa, pero no tan guapa como mi madre. Tiene la boca llena de dedales, pero mi madre tenía todavía más.

Por supuesto que de su madre no sabía absolutamente nada, pero a veces le gustaba presumir de ella.

Peter no conocía la melodía, que era *Hogar, dulce hogar*, pero sabía que la letra decía: «Vuelve, Wendy, Wendy, Wendy», y exclamó triunfalmente:

—Nunca volverá a ver a Wendy, señora, porque he cerrado la ventana.

Volvió a asomarse al cuarto de jugar para ver por qué se había detenido la música. Y vio que la señora Darling tenía la cabeza apoyada sobre el piano y dos lágrimas en los ojos.

«Quiere que abra la ventana —pensó Peter—, pero no, ni hablar.»

Volvió a asomarse y las dos lágrimas seguían allí o quizá eran otras dos que habían ocupado su lugar.

«Quiere muchísimo a Wendy», pensó, indignándose con ella al ver que no comprendía por qué no podía volver a tener a Wendy.

El motivo era de lo más simple: «Yo también la quiero. Y no podemos tenerla los dos, señora».

Pero la señora no estaba dispuesta a conformarse y Peter se puso triste. Dejó de mirarla, aunque era como si se hubiera agarrado a él. Peter empezó a dar saltos y a hacer muecas, pero al detenerse le dio la sensación de que la tenía dentro, dando golpecitos.

—¡Bueno, está bien! —exclamó finalmente, tragando saliva.

Fue y abrió la ventana.

—Vámonos, Campanilla —gritó, carcajeándose de las leyes de la naturaleza—. No queremos saber nada de madres tontas.

Y salió volando.

Fue así como Wendy, John y Michael encontraron la ventana abierta, a pesar de que no se lo merecían. Los tres se posaron en el suelo con toda naturalidad. Y el más pequeño ya se había olvidado de su casa.

—John —dijo, mirando a su alrededor con cara de despiste—. Este sitio me suena.

—Claro que te suena, so bobo. Ésa es tu cama.

—Es verdad —dijo Michael no muy convencido.

—¡Mira! —exclamó John—. ¡La perrera! —dijo, atravesando la habitación rápidamente para mirar dentro.

—A lo mejor está *Nana* dentro —dijo Wendy.

Pero John silbó y dijo:

—Vaya. Hay un hombre dentro.

—¡Es papá! —exclamó Wendy.

—Yo quiero verlo —insistió Michael.

Se acercó y lo miró detenidamente, diciendo:

—No es tan alto como el pirata que maté.

Su desilusión era tan evidente que me alegro de que el señor Darling estuviera dormido. Habría sido triste si ésas hubieran sido las primeras palabras que hubiera oído decir a su pequeño Michael.

Wendy y John se habían quedado bastante desconcertados al ver a su padre en la perrera.

—Oye —dijo John, convencido de que ya no podía confiar en su memoria—, antes no dormía en la perrera, ¿verdad?

—John —balbuceó Wendy—, puede que no nos acordemos de las cosas tan bien como creíamos.

Les dio un escalofrío. Se lo tenían bien merecido.

—Es imperdonable —dijo el bribón de John— que mamá no esté aquí para recibirnos.

Fue en ese momento cuando la señora Darling volvió a empezar a tocar el piano.

—¡Es mamá! —dijo Wendy asomándose.

—¡Es verdad! —dijo John.

—Entonces, ¿tú no eres nuestra madre de verdad, Wendy? —preguntó Michael, que debía de estar muy cansado.

—¡Dios mío! —exclamó Wendy, notando la primera punzada de remordimiento sincero—. Hemos hecho muy bien en volver.

—Vamos a entrar sin hacer ruido —sugirió John—. Y le tapamos los ojos con las manos.

Pero Wendy, que quería darle la noticia con más tacto, tenía una idea mejor.

—Vamos a meternos en la cama para que nos vea al entrar, como si no nos hubiéramos ido.

Así que, cuando la señora Darling entró en el cuarto de los niños para ver si su marido se había dormido, todas las camas estaban ocupadas. Los niños esperaban oír un grito de alegría, pero no oyeron nada. La señora Darling los vio, pero no creyó que estuvieran allí de verdad. Había soñado con ellos tantas veces que creyó estar soñando despierta.

Se sentó en la silla junto a la chimenea, donde tantas veces los había acunado.

Ellos no lo comprendían y se quedaron helados.

—¡Mamá! —exclamó Wendy.

—Ésa es Wendy —dijo aún convencida de estar soñando.

—¡Mamá!

—Ése es John —dijo.

—¡Mamá! —gritó Michael, que ya se había acordado de ella.

—Ése es Michael —dijo, y abrió los brazos, recordando a los tres bribones que jamás volvería a abrazar. Pero de repente se encontró abrazando a Wendy, a John y a Michael, que se habían levantado para abalanzarse sobre ella.

—George, George —exclamó al recuperar la voz.

Y el señor Darling se levantó para compartir su felicidad, y *Nana* entró corriendo. La escena no podía ser más hermosa. Pero no la vio nadie más que un niño extraño que tenía la cara pegada a la ventana. Aquel niño tenía a su alcance alegrías que muchos otros niños no conocerán nunca. Pero por la ventana estaba contemplando el único placer que no experimentaría jamás.

CAPÍTULO 17
Cuando Wendy se hizo mayor

Confío en que queráis saber lo que les ocurrió a los demás niños. Estaban esperando abajo para que Wendy pudiera explicar a sus padres la situación. Contaron hasta quinientos y decidieron subir. Subieron por las escaleras, porque pensaron que así darían una mejor impresión. Se pusieron en fila delante de la señora Darling con el sombrero en la mano y pensando que ojalá no hubieran ido vestidos de piratas. No dijeron nada, pero con los ojos le estaban pidiendo que los aceptara. Deberían haber mirado también al señor Darling, pero no cayeron en la cuenta.

Como era de suponer, la señora Darling dijo enseguida que los aceptaba, pero el señor Darling estaba extrañamente deprimido y se dieron cuenta de que seis le parecía un número excesivo.

—Ya veo —le dijo a Wendy— que no te gusta hacer las cosas a medias.

Era un comentario rencoroso con el que los gemelos se dieron por aludidos.

El primer gemelo era el orgulloso y preguntó, sonrojándose:

—¿Le parece que somos demasiados, señor? Porque si es así, nos vamos.

—¡Padre! —exclamó Wendy atónita.

Pero él seguía ofuscado. Sabía que se estaba portando indignamente, pero no podía evitarlo.

—Podemos dormir encogidos —dijo Nibs.

—Y el pelo siempre se lo corto yo —dijo Wendy.

—¡George! —exclamó la señora Darling, dolida al ver que su amado esposo estaba quedando tan mal.

Entonces el señor Darling se echó a llorar y se supo la verdad. Dijo que estaba tan dispuesto como ella a aceptarlos, pero lo que le parecía mal era que no hubieran pedido su aprobación, además de la de su mujer, y que no estaba dispuesto a que lo trataran como un cero a la izquierda en su propia casa.

—A mí no me parece un cero a la izquierda —exclamó Tootles inmediatamente—. ¿A ti te parece un cero a la izquierda, Curly?

—No, a mí no. ¿A ti te parece un cero a la izquierda, Slightly?

—Pues, no. Gemelo, ¿a ti qué te parece?

Resultó que ninguno de ellos lo consideraba un cero a la izquierda. Y él se sintió absurdamente agradecido y dijo que los metería a todos en la sala, si es que cabían.

—Sí que cabemos, señor —le aseguraron todos.

—Entonces, seguid al jefe —exclamó él alegremente—. Os lo advierto, no estoy seguro de que tengamos una sala, pero hacemos como que la tenemos y es lo mismo. ¡Epa!

Y se fue bailoteando por toda la sala. Y no sé si la encontraron, pero fueron encontrando rincones y al final cupieron todos.

En cuanto a Peter, volvió a ver a Wendy antes de salir volando. No se puede decir que se parara delante de la ventana, sino que la rozó al pasar para que ella la abriera, si quería, y hablara con él. Y eso fue lo que hizo Wendy.

—Hola, Wendy, adiós —dijo Peter.

—Qué pena. ¿Te vas?

—Sí.

—¿No crees, Peter —dijo Wendy, balbuceando un poco—, que deberías hablar con mis padres de un asunto muy bonito?

—No.

—¿No quieres hablarles de mí, Peter?

—No.

La señora Darling, que había decidido tener vigilada a Wendy, se acercó a la ventana. Dijo a Peter que había adoptado a todos los demás niños y que le gustaría adoptarlo a él también.

—¿Me haría ir al colegio? —preguntó él astutamente.

—Sí.

—¿Y después a una oficina?

—Supongo que sí.

—¿Y me convertiría en un hombre rápidamente?

—Muy rápidamente.

—No quiero ir al colegio para aprender cosas serias —le dijo Peter, enérgicamente—. No quiero ser un hombre. ¡Ay, madre de Wendy, imagínese que un día me despierto y descubro que tengo barba!

—Peter —dijo Wendy, la complaciente—. Me encantarías con barba.

Y la señora Darling abrió los brazos, pero Peter la rechazó.

—Atrás, señora. No me dejaré atrapar para acabar convertido en un hombre.

—Pero ¿dónde vas a vivir?

—Con Campanilla, en la casa que le hicimos a Wendy. Haré que las hadas la pongan en lo alto de las copas de los árboles, donde ellas duermen por la noche.

—¡Qué bonito! —exclamó Wendy con tal entusiasmo que la señora Darling la sujetó con fuerza.

—Creía que todas las hadas habían muerto —dijo la señora Darling.

—Siempre hay muchas jóvenes —le explicó Wendy, que se había convertido en una autoridad en la materia—, porque cuando un niño recién nacido se ríe por primera vez, nace un hada nueva, y como siempre hay niños recién nacidos, siempre hay hadas nuevas. Viven en nidos en las copas de los árboles. Las de color malva son niños, las blancas son niñas y las azules son tontorronas que no saben ni lo que son.

—Cómo me voy a divertir —dijo Peter, mirando de reojo a Wendy.

—Por la noche, cuando te sientes junto a la chimenea —dijo Wendy—, vas a estar un poco solo.

—Estaré con Campanilla.

—Campanilla no abarca ni la vigésima parte —le recordó ella con cierto tonillo de superioridad.

—¡Chivata, cotilla! —gritó Campanilla, que estaba a la vuelta de la esquina.

—No me importa —dijo Peter.

—Ay, Peter, claro que te importa.

—Pues, entonces, vente conmigo a la casa pequeña.

—¿Me dejas, mamá?

—Por supuesto que no. Ahora que por fin has vuelto, no pienso dejar que te vuelvas a ir.

—No te imaginas la falta que le hace una madre.

—Y a ti también, mi amor.

—Bueno, está bien —dijo Peter, como si se lo hubiera pedido por quedar bien.

Pero la señora Darling vio que le temblaba la boca y le hizo esta generosa oferta: dejaría que Wendy fuera a visitarlo durante una semana al año, en primavera, para hacerle una limpieza general de la casa. Wendy hubiera preferido llegar a un acuerdo más estable y parecía que la primavera estaba lejísimos, pero Peter se puso muy contento. No tenía ninguna noción del tiempo, y vivía tantas aventuras que todo lo que os he contado no vale ni una perra chica. Como Wendy sabía esto perfectamente, las últimas palabras que dijo a Peter fueron casi un ruego:

—No me olvidarás antes de que llegue la época de limpieza general, ¿verdad, Peter?

Peter se lo prometió y después salió volando. Se llevó el beso de la señora Darling. Aquel beso que no había sido de nadie, Peter lo consiguió con gran facilidad. Qué curioso. Pero ella pareció quedarse satisfecha.

Por supuesto que todos los niños empezaron a ir al colegio.

Casi todos entraron en tercero, pero a Slightly lo pusieron primero en cuarto y luego en quinto. Primero es el curso más avanzado. Cuando aún no llevaba una semana yendo al colegio, se dieron cuenta de lo tontos que habían sido al marcharse de la isla. Pero ya era demasiado tarde, y tuvieron que conformarse con ser tan normales como tú, o como yo, o como Perico el de los Palotes. Es una lástima, pero poco a poco fueron perdiendo la capacidad de volar. Al principio *Nana* les ataba los pies a los barrotes de la cama para que no pudieran salir volando por la noche, y una de las cosas que más los divertía era hacer que se caían de los autobuses. Pero con el tiempo dejaron de intentar desatarse cuando estaban en la cama, y se dieron cuenta de que se hacían daño al tirarse de los autobuses. Al final ni siquiera podían volar para recuperar un sombrero. Según ellos era falta de práctica, pero en realidad era porque ya no creían.

Michael siguió creyendo durante más tiempo que los demás, a pesar de que se rieran de él. Por eso era Michael el que estaba con Wendy cuando Peter vino a buscarla al terminar el primer año. Para el viaje, Wendy se puso el vestido que había tejido con hojas y bayas en el País de Nunca Jamás, y su único temor era que Peter se diera cuenta de lo corto que se le había quedado. Pero Peter tenía tanto que contar sobre sí mismo que no se dio cuenta.

Wendy estaba convencida de que iban a tener charlas apasionantes sobre los viejos tiempos, pero las aventuras nuevas habían ocupado el lugar de las antiguas en la mente de Peter.

—¿Quién es el capitán Garfio? —preguntó Peter con mucho interés cuando Wendy mencionó al archienemigo.

—¿No te acuerdas de cuando lo mataste y nos salvaste la vida? —preguntó ella, estupefacta.

—En cuanto los mato me olvido de ellos —dijo él como quitándole importancia.

Cuando Wendy le dijo que tenía la vaga esperanza de que Campanilla se alegrara de verla, Peter le preguntó:

—¿Quién es Campanilla?

—Pero ¡Peter! —exclamó atónita.

—Hay tantísimas hadas —dijo él—. Será que ya no existe.

En esto debía de tener razón, porque las hadas viven poco tiempo, pero son tan pequeñas que un rato les parece mucho tiempo.

A Wendy le dio pena descubrir que para Peter el año pasado era como ayer. Y en cambio a ella, que estaba deseando volver a verlo, el año le había parecido interminable. Pero Peter seguía siendo exactamente igual de fascinante, y se divirtieron mucho haciendo la limpieza general en la casita entre los árboles.

Al año siguiente, Peter no fue a buscarla. Wendy se había puesto un vestido nuevo, porque el viejo no le cabía. Pero Peter no apareció.

—Puede que esté enfermo —le dijo Michael.

—Sabes muy bien que nunca se pone enfermo.

Michael se acercó a su hermana y le susurró estremeciéndose:

—¡Quizá no existe, Wendy!

Y Wendy se hubiera echado a llorar si no fuera porque Michael ya estaba llorando.

Peter volvió a la primavera siguiente. Y lo más curioso era que no tenía ni idea de que se había saltado un año.

Ésa fue la última vez que Wendy lo vio siendo aún una niña.

Pensando en él, hizo todo lo posible por no tener dolores de crecimiento, y le dio la sensación de serle infiel cuando recibió un premio de cultura general. Pero los años iban y venían sin traer al despistado Peter. Y cuando se volvieron a encontrar, Wendy ya era una mujer casada que veía a Peter como una mota de polvo en la caja donde guardaba sus juguetes.

Wendy se había hecho mayor. No tenéis por qué compadecerla. Era una de esas personas a las que les gusta crecer. Al final se hizo mayor aposta un día antes que el resto de las niñas.

Por aquel entonces todos los otros niños se habían hecho mayores y eran muy normales, así que no merece la pena hablar más de ellos. Puede que cualquier día de éstos veáis a los gemelos, a Nibs y a Curly yendo a la oficina con una bolsa en la mano y un paraguas. Michael es maquinista. Slightly se casó con una dama con título y se convirtió en lord. ¿Veis a ese juez con peluca que sale por esa puerta de hierro? Hubo un tiempo en que era Tootles. Y el hombre de la barba al que nunca se le ocurre ninguna historia que contar a sus hijos... era John.

Wendy se casó de blanco, con una banda rosa en la cintura. Es extraño que Peter no aterrizara en la iglesia y se opusiera a las amonestaciones.

Los años siguieron pasando y Wendy tuvo una hija. Esto no lo deberíamos escribir con tinta, sino en letras de oro.

La niña se llamaba Jane y tenía una mirada extraña e inquisitiva, como si desde el mismo día en que llegó al continente hubiera querido ponerse a hacer preguntas. Cuando creció lo suficiente para hacerlas, casi todas eran sobre Peter Pan. Le encantaba oír hablar de él y Wendy le contaba todas las historias que aún recordaba precisamente en la misma habitación en la que había comenzado la famosa escapada. Ahora era la habitación de Jane, pues su padre se la había comprado con bonos al padre de Wendy, que ya no estaba para subir escaleras. La señora Darling ya estaba muerta y enterrada.

Ahora sólo había dos camas en la habitación, la de Jane y la de su niñera. La perrera tampoco estaba ya, puesto que *Nana* también había muerto. Murió de vieja y había acabado teniendo un carácter difícil de aguantar, ya que estaba absolutamente convencida de que nadie sabía cuidar a un niño más que ella.

La niñera de Jane tenía una tarde libre a la semana, y entonces se encargaba Wendy de acostar a Jane. Y aquélla era la hora de los cuentos. A Jane le gustaba levantar la sábana por encima de su cabeza y de la de su madre, haciendo una tienda de campaña, y susurrar en la horrible oscuridad:

—¿Y ahora qué vemos?

—Creo que esta noche no veo nada —dijo Wendy, con la sensación de que si *Nana* hubiera estado delante habría puesto punto a aquella conversación.

—Sí que ves algo —dijo Jane—. Te ves cuando eras pequeña.

—Eso fue hace mucho tiempo, cielo —dijo Wendy—. ¡Ay, los años se pasan volando!

—¿Vuelan como volabas tú cuando eras pequeña? —preguntó la niña, que era muy lista.

—¡Como volaba yo! Mira, Jane, a veces pienso que no debí de volar de verdad.

—Sí que volaste.

—¡Qué tiempos aquellos cuando sabía volar!

—¿Y por qué ahora no sabes volar, mamá?

—Porque ya soy mayor, hija mía. Los mayores se olvidan de esas cosas.

—¿Y por qué se olvidan?

—Porque ya no son alegres, inocentes e insensatos. Sólo quienes son alegres, inocentes e insensatos consiguen volar.

—¿Y quiénes son alegres, inocentes e insensatos? ¡Cómo me gustaría ser alegre, inocente e insensata!

Lo cierto es que a Wendy le ha parecido ver algo, efectivamente.

—Debe de ser esta habitación —dice.

—Debe de ser —dice Jane—. Sigue.

Ahora están embarcadas en la gran aventura de la noche en que Peter entró volando en busca de su sombra.

—El muy bobo —dice Wendy— intentó pegársela con jabón y cuando vio que no podía se echó a llorar, y al oírlo me desperté y se la cosí.

—Te has saltado un trozo —la interrumpe Jane, que ya se sabe la historia mejor que su madre—. Cuando lo viste sentado en el suelo llorando, ¿qué dijiste?

—Me senté en la cama y dije: «Niño, ¿por qué lloras?».

—Sí, eso —dijo Jane, soltando un gran suspiro.

—Y entonces nos llevó volando al País de Nunca Jamás, a ver las hadas y los piratas, y los pieles rojas, y la laguna de las sirenas, y la guarida subterránea, y la casa pequeña...

—¡Sí! ¿Y qué era lo que más te gustaba de todo?

—Creo que lo que más me gustaba era la guarida subterránea.

—Y a mí también. ¿Qué fue lo último que te dijo Peter?

—Lo último que me dijo fue: «Espérame siempre porque una noche, de repente, me oirás cacarear».

—Eso.

—Pero, desgraciadamente, se olvidó de mí.

Fijaos si Wendy se había hecho mayor que esto lo dijo con una sonrisa.

—¿Cómo era su cacareo? —preguntó Jane una noche.

—Era así —dijo Wendy, intentando imitarlo.

—No, no era así —dijo Jane, muy seria—. Era así.

Y lo hizo muchísimo mejor que su madre.

Wendy se quedó asombrada.

—¿Y tú cómo lo sabes, mi vida?

—Porque lo oigo muchas veces cuando estoy durmiendo —dijo Jane.

—Ah, ya. Hay muchas niñas que lo oyen mientras duermen, pero yo soy la única que lo ha oído estando despierta.

—Qué suerte —dijo Jane.

Y una noche llegó la tragedia. Era en primavera, Wendy ya había contado el correspondiente cuento y Jane estaba metida en la cama, durmiendo. Wendy estaba sentada en el suelo, muy cerca del fuego para ver mejor lo que zurcía, ya que no había ninguna otra luz en la habitación. Y mientras estaba allí, con su costura, oyó un cacareo. Entonces se abrió la ventana, como había sucedido hacía tanto tiempo, y Peter se posó en el suelo.

Estaba exactamente igual que siempre, y Wendy se dio cuenta inmediatamente de que seguía teniendo todos los dientes de leche.

Él seguía siendo un niño pequeño y ella ya era mayor. Se acurrucó junto al fuego, sin atreverse a moverse, sintiéndose desvalida y culpable de ser toda una mujer.

—Hola, Wendy —dijo él.

Peter, que estaba pensando sólo en sí mismo, no notó

ninguna diferencia. Además, en la penumbra, su vestido blanco podía haber sido el camisón que llevaba cuando Peter la vio por primera vez.

—Hola, Peter —contestó Wendy casi sin voz, intentando encogerse todo lo posible.

Había una voz en su interior que exclamaba: «Mujer, mujer, suéltame».

—Oye, ¿dónde está John? —preguntó Peter, al ver que faltaba la tercera cama.

—John no está —farfulló.

—¿Michael está dormido? —preguntó, echando una ojeada a Jane.

—Sí —contestó Wendy.

Pero enseguida pensó que estaba mintiendo tanto a Jane como a Peter.

—No es Michael —dijo, rápidamente, para evitar un castigo de Dios.

Peter miró y dijo:

—¡Anda! ¿Es uno nuevo?

—Sí.

—¿Niño o niña?

—Niña.

Ahora tenía que acabar comprendiéndolo. Pero no, no entendía nada.

—Peter —balbuceó—, ¿pretendes que me vaya volando contigo?

—Pues claro, por eso he venido —dijo, y añadiendo en tono de reproche—: ¿te has olvidado de que es la época de hacer la limpieza general?

Wendy sabía que sería inútil decirle que había dejado pasar ya muchas épocas de limpieza general.

—No puedo ir —dijo en tono de disculpa—. Ya no sé volar.

—Ya verás como te acuerdas.

—Ay, Peter, no desperdicies el polvo de hada en mí.

Wendy se levantó. Y por fin Peter tuvo miedo.

—¿Qué es esto? —exclamó, echándose hacia atrás.

—Voy a encender la luz —dijo ella— para que puedas verlo tú mismo.

Y aquélla fue la única vez en su vida que Peter tuvo miedo.

—¡No enciendas la luz! —exclamó.

Wendy acarició el pelo de aquel trágico niño. Ya no era una niña pequeña que sufría por su culpa; era una mujer que sonreía al recordar todo aquello, pero era una sonrisa un poco triste.

Entonces encendió la luz y Peter la vio. Soltó un grito de dolor y cuando aquella hermosa criatura alargada se agachó para tomarlo en brazos, el niño se apartó bruscamente.

—¿Qué es esto? —volvió a exclamar.

Tuvo que decírselo.

—Soy mayor, Peter. Tengo mucho más de veinte años. Me hice mayor hace mucho tiempo.

—¡Me prometiste que no te harías mayor!

—No he podido evitarlo. Estoy casada, Peter.

—Ni hablar.

—Sí, y la niña que está en esa cama es mi hija.

—Ni hablar.

Pero debía de serlo, y Peter se acercó a la niña dormida con el puñal en alto. Por supuesto que no le hizo daño. Lo que hizo fue sentarse en el suelo y ponerse a llorar. Wendy no supo qué hacer para consolarlo, con lo fácil que le había resultado en otro tiempo. Ahora era una simple mujer, y salió corriendo de la habitación para poder pensar mejor.

Peter siguió llorando y sus sollozos acabaron despertando a Jane. La niña se incorporó en la cama y lo miró fijamente.

—Niño —dijo—, ¿por qué lloras?

Peter se puso de pie y le hizo una reverencia, y ella le hizo una reverencia desde la cama.

—Hola —dijo Peter.

—Hola —dijo Jane.

—Me llamo Peter Pan —dijo él.

—Sí, ya lo sé.

—Vengo a buscar a mi madre —le explicó—. Para llevármela al País de Nunca Jamás.

—Sí, ya lo sé —dijo Jane—. Sabía que ibas a venir.

Cuando Wendy volvió a entrar tímidamente, se encontró a Peter sentado en el poste de la cama cacareando triunfalmente, mientras Jane, en camisón, revoloteaba por la habitación entusiasmada.

—Es mi madre —le explicó Peter.

Y Jane descendió y se puso a su lado, mirándolo con esa expresión que a él le gustaba tanto ver en las niñas que lo admiraban.

PETER Y JANE

—Le hace tanta falta una madre —dijo Jane.

—Sí, ya lo sé —admitió Wendy desolada—. Nadie lo sabe tan bien como yo.

—Adiós —dijo Peter a Wendy.

Y se elevó por los aires, y la desvergonzada Jane voló tras él. Ya le resultaba el modo más cómodo de moverse.

Wendy corrió hacia la ventana.

—No, no —exclamó.

—Es sólo para hacer la limpieza de primavera —dijo Jane—. Peter quiere que sea yo la que se encargue.

—Si pudiera ir con vosotros —suspiró Wendy.

—Es que tú no sabes volar —dijo Jane.

Por supuesto que al final Wendy los dejó irse volando juntos.

Lo último que vemos es a Wendy asomada a la ventana, mirando a los niños alejarse por el cielo hasta que se hacen tan pequeños como las estrellas.

Mientras miramos a Wendy vemos que el pelo se le va poniendo blanco y el cuerpo se le vuelve a empequeñecer, pues todo ocurrió hace mucho tiempo. Ahora Jane es una persona mayor normal y corriente, con una hija que se llama Margaret. Y todas las primaveras, al llegar la época de la limpieza general, Peter viene a buscar a Margaret y se la lleva al País de Nunca Jamás, donde ella le cuenta historias sobre él, que Peter escucha atentamente. Cuando Margaret sea mayor tendrá una hija, que será a su vez la madre de Peter. Y así será siempre, mientras los niños sean alegres, inocentes e insensatos.

J. M. Barrie

A James Matthew Barrie lo conocemos por su personaje Peter Pan. Seguramente, Peter Pan jamás hubiese existido de no ser por unos niños que el autor conoció en los jardines de Kensington en Londres: los hijos de Sylvia Llewellyn Davies. «Tío Jim», como lo llamaban estos niños, acompañaba a la familia en las vacaciones, e inventaba historias y juegos que sirvieron de inspiración para sus relatos y obras de teatro. Cuando murieron los padres de los chicos, Barrie los siguió ayudando hasta que, no como Peter Pan, se convirtieron en adultos. Apasionado del críquet, creó un equipo de aficionados con sus amigos, los escritores Arthur Conan Doyle, Rudyard Kipling, G. K. Chesterton y Jerome K. Jerome.

ÍNDICE

Austral Intrépida recopila las obras más emblemáticas de la literatura juvenil, dirigidas a niños, jóvenes y adultos, con la voluntad de reunir una selección de clásicos indispensables en la biblioteca de cualquier lector.

OTROS TÍTULOS DE LA COLECCIÓN:

Alicia en el país de las maravillas, Lewis Carroll
El Libro de la Selva, Rudyard Kipling
El rey Arturo y sus caballeros de la Tabla Redonda, Roger Lancelyn Green
La Isla del Tesoro, R. L. Stevenson
Las aventuras de Tom Sawyer, Mark Twain

AUSTRAL

www.australeditorial.com

www.planetadelibros.com